Eric Frimat

POUR UN BAISER

Roman

Nouvelle édition

Du même auteur :

Question d'honneur (mai 2020)

© 2020, Eric Frimat

Édition : BoD – Books on Demand, 12/14 rond-point des Champs-Élysées, 75008 Paris.

Impression : BoD - Books on demand, Norderstedt, Allemagne.

ISBN 978-2-3222-3972-6

Dépôt légal : octobre 2020

Prologue

L'homme a pris soin de repérer les lieux. Il s'est muni d'un couteau tranchant et a répété son geste. Il n'aura droit qu'à une seule tentative. La personne qu'il est sur le point de tuer n'aura pas le temps de comprendre ce qui lui arrive. Il frappera au cœur et elle ne survivra pas. Son comportement surprendra son entourage, mais il ne peut pas continuer à vivre comme si de rien n'était.

Le temps froid lui engourdit les membres. Il se met sous un porche pour éviter la pluie qui commence à tomber et profite de ses derniers instants de liberté. Il n'a pas une chance de pouvoir s'en tirer, mais il s'en moque. Tout lui paraît tellement dérisoire. Il regarde, désabusé, un jeune couple enlacé et songe à ses propres illusions perdues.

Ces dernières heures, il les a consacrées à faire le point sur sa vie. Il a conscience d'en avoir utilisé une grande partie pour assouvir sa soif de pouvoir. Quelle bêtise ! Il mesure désormais combien sa quête a été vaine. L'acte qu'il s'apprête à réaliser est pour lui une sorte de rédemption, un moyen de se réhabiliter auprès de celle qu'il aime par-dessus tout.

Plus que quelques minutes à attendre. Tout sera alors fini. Dès cet instant, son avenir s'écrira en pointillé derrière les barreaux. Celui qu'il attend n'est plus qu'à quelques mètres. Il l'entrevoit. Il n'a plus qu'à s'approcher et à frapper. L'existence est-elle aussi vide de sens qu'il suffise d'un simple couteau pour la transformer ? Il n'a plus le temps de se poser la question. Il bouscule le policier devant lui et se retrouve face à l'homme qui a gâché sa vie.

Il ne peut s'empêcher de le dévisager une fraction de seconde. Il paraît plus jeune que dans ses souvenirs. L'homme le regarde sans comprendre. Plus le temps de réfléchir. Il lui enfonce la lame dans le cœur avant que les policiers n'aient le temps de réagir. Le sang commence à rougir l'endroit où l'arme s'est fichée. Des cris, une bousculade, et il se sent plaqué au sol. Son visage se retrouve sur un bitume, détrempé par une pluie de plus en plus forte. Son horizon visuel est brutalement réduit à une crotte de chien et à un emballage souillé d'une chaîne de fast-food.

Tout est à présent confus dans son esprit. Comme un écho, les quelques mots - tu as tué un homme - lui reviennent comme un leitmotiv. Il se sent soulevé de terre. On lui passe les menottes sans ménagement. Il est emmené dans une fourgonnette. Le véhicule démarre.

Confusément, il entend la sirène se mettre en route, mais son esprit est déjà ailleurs. Il ne sait pas comment celle qui a guidé son geste réagira. La seule chose qu'il commence à comprendre, c'est que loin d'être libéré par son acte, il vivra avec celui-ci le restant de sa vie.

Comment a-t-il fait pour en arriver là et se retrouver menotté comme un vulgaire délinquant ? Dire que peu de temps auparavant tout lui souriait et que maintenant il se retrouve menotté entre deux policiers, à des années-lumière de ses rêves de grandeur.

1

Six mois auparavant à Roubaix, début juillet.

Le ciel s'est assombri. L'orage menace. Fred Godot doit normalement aller tout droit et suivre l'artère principale. Mais, comme d'habitude, sa distraction lui joue des tours et il emprunte une autre route.

Son esprit est perturbé par la journée qui vient de s'écouler. Il est encore en retard et va devoir se justifier. Une fois de plus, il devra trouver un bon prétexte, une discipline où il est passé maître.

Bousculé par un homme qui arrive en courant, il manque de tomber et se retient de justesse à une poubelle. Pestant contre ces gens incapables de faire attention, et encore moins de s'excuser, il prend une petite rue sur sa gauche. Le genre de petite rue qui ne fait pas gagner du temps aux gens pressés comme lui.

C'est une erreur de direction, commise dans la tension de l'instant, dont les conséquences auraient pu être infimes. Mais quand le hasard s'en mêle, une simple inattention peut parfois avoir des effets surprenants.

- Et merde ! Il commence à pleuvoir. Et pour couronner le tout, je ne sais même plus où j'ai garé ma bagnole.

La pluie se met à tomber plus fort. L'atmosphère est lourde. En cette fin d'après-midi, Fred se hâte sans vraiment savoir où il va. Il devrait être chez lui depuis plus d'une heure.

Sa femme doit commencer à s'impatienter. Il lui a promis de l'accompagner chez sa mère. Elle va se dire qu'il l'a fait délibérément, pour écourter la visite. Et pour ne rien arranger, il doit encore récupérer sa fille de trois ans à la crèche.

Avec la chaleur, il n'a mis qu'un tee-shirt et le regrette amèrement. Les premières gouttes de pluie le transpercent. Rapidement, il est complètement trempé. Il presse le pas, cherchant à se repérer. La rue est déserte. Le mauvais temps a vidé les lieux.

- Je me suis trompé de rue. Moi et mon sens de l'orientation ! Je suis pourtant censé connaître le coin, peste-t-il à haute voix.

Sa fille Mélanie l'attend à la crèche des Cigognes. Un nom que Fred a toujours trouvé bizarre, l'animal étant traditionnellement associé à la naissance. Il a fini par admettre que cela valait mieux que le patronyme d'un homme politique.

Ah, Mélanie ! Elle a beau n'avoir que trois ans, elle le mène déjà par le bout du nez. Pourtant, il sait que ce n'est pas d'elle que viendra le premier problème qu'il aura à gérer. À trois ans, on pardonne encore à son père ses retards. Pour l'assistante maternelle, en revanche, ce n'est pas gagné. Il devra batailler ferme pour éviter l'amende, qu'elle ne se privera pas de lui infliger pour son manque de ponctualité.

Il connaît par avance les mots qu'elle lui dira, avec ce ton solennel qui l'agace tant : « Monsieur Godot, vous vous êtes engagé à retirer votre enfant avant dix-huit heures, et une fois de plus, vous avez laissé passer l'heure. Si tous les parents faisaient comme vous. Et bla-bla-bla... ».

Il sait, au fond de lui-même, qu'elle a raison, mais il doute que ce soir il ait la patience de l'écouter jusqu'au bout.

Le ciel est maintenant noir, et bien qu'il soit aux alentours de dix-huit heures, on se croirait la nuit. L'atmosphère est sinistre. Des petites maisons en briques, aux couleurs patinées par les années, s'alignent de chaque côté de la rue. Il se fait la réflexion que cette ville, sous la pluie, a décidément un charme limité.

Il faut qu'il retrouve sa voiture sans tarder. Il dégouline littéralement. À y réfléchir, avec ses vêtements rincés et son air hagard, il doit vraiment ressembler à un toxicomane en manque.

Préoccupé, il voit les minutes s'égrener et imagine Mélanie en train d'attendre son arrivée, le nez collé sur les vitres de la porte d'entrée.

Comment a-t-il pu passer devant sans la voir ? Par la suite, il se posera souvent cette question.

*

En ce début d'été, Germaine passe la dernière partie de sa journée devant la fenêtre. Pour observer la rue, elle a pris l'habitude de s'asseoir dans un vieux fauteuil élimé, sans véritable style, qu'elle trouve confortable. Un abat-jour rococo lui fournit un éclairage sommaire et compense la faiblesse de la clarté de cette fin d'après-midi.

Elle habite le rez-de-chaussée d'un vieil immeuble. Son appartement est petit et coquet, et Germaine aime l'ordre. Elle prend grand soin à ce que chaque chose ait une place bien précise, dans un agencement resté immuable depuis plusieurs années.

Paul, son mari, est mort il y a cinq ans et étrangement, elle ne le regrette pas. Non pas qu'il ait été un mauvais compagnon, mais l'amour qu'elle a ressenti pour lui au début du mariage a simplement fait place, au fil du temps, à une certaine routine. L'absence d'enfant a fini par creuser un fossé entre eux et a transformé, insidieusement, sa vie en un désert affectif.

Elle l'a en partie comblé par la suite, en adoptant le chat que Paul lui a toujours refusé de son vivant. Un chaton abandonné, recueilli devant la porte de son immeuble. Mistigri, un nom qui s'est imposé d'emblée pour elle, est un félin craintif qu'elle ne laisserait sortir de chez elle pour rien au monde. Comme sa copine Gisèle a perdu le sien, écrasé par une voiture, elle s'est juré que ça ne lui arriverait pas.

Elle attend son émission quotidienne à la télé en regardant les gens par la fenêtre. La pluie a déserté la rue et le spectacle est plutôt monotone. L'orage qui gronde la rend nerveuse. Mistigri s'est installé sur ses genoux et ronronne.

Les journées s'écoulent lentement. Sa vie est devenue une succession de tâches effectuées mécaniquement. Entre les courses du matin, les discussions avec Gisèle, lors de la permanence à la bibliothèque, et le club des retraités le jeudi, où elle doit supporter la pénible Mme Dutrieux, tout lui paraît tellement prévisible.

Elle se remémore la période, pas si lointaine, où elle travaillait. Elle a accueilli le public au centre des impôts pendant presque quarante ans et elle en a vu et renseigné des contribuables, durant sa longue carrière.

Désormais, à bientôt soixante-dix ans, elle a l'impression d'avoir fait le tour de sa vie et s'ennuie. Personne ne vient jamais la voir. Elle en arrive à se demander, combien de jours mettrait-on à la découvrir, si elle venait à décéder chez elle ?

Heureusement, Mistigri est entré dans son existence et il lui assure une présence. Elle n'en est pas encore à donner du vieux pain aux pigeons.

Un événement inhabituel attire soudain l'attention de Germaine et chasse sa morosité. Son chat est en alerte. Il s'est arrêté de ronronner et tend l'oreille. Brusquement, il quitte les genoux de sa maîtresse pour se réfugier sous la table basse du salon. Il produit alors un miaulement plaintif qui inquiète la vieille dame.

C'est à cet instant qu'elle le voit qui approche. Il a l'air pressé. Elle pourrait se dire qu'il pleut. Que c'est a priori normal. Mais l'imagination de Germaine étant nourrie de séries télévisées, l'apparition ne manque pas de l'intriguer.

Il stoppe à sa hauteur. Un éclair zèbre le ciel et illumine brièvement la rue. Elle a quelques secondes pour l'observer. Dans ses vêtements complètement détrempés, il a l'air d'errer sans but. Elle lui trouve l'air louche d'une personne qui a quelque chose à se reprocher et se dit, en elle-même, que ce n'est pas la première fois qu'elle le voit.

Il oblique ensuite dans une rue adjacente et elle le perd de vue.

*

Peu de temps auparavant, Isabelle a emprunté cette même route. Elle ne s'est pas aperçue qu'elle était suivie par un individu depuis déjà quelques minutes.

Isabelle attire naturellement les regards. Blonde et mince, elle plaît aux hommes et le sait, même si cette situation lui pèse parfois. Les clichés sur les blondes, et puis le sentiment qu'on la remarque, avant tout, pour l'image qu'elle renvoie. C'est quelquefois agréable, mais le plus souvent pénible et lourd. Car les lourds, elle peut difficilement les ignorer. Entre les sifflets et les commentaires sur son physique, ou pire, les avances plus ou moins appuyées, elle a malheureusement constaté qu'elle les attirait comme un aimant.

Pour le moment, sa préoccupation est tout autre. Elle n'a pas envie d'être mouillée, et cette rue, désertée par l'orage qui menace, n'est pas pour la rassurer. Pour se donner du courage, elle se met à penser à son mariage qui sera célébré dans deux mois.

Elle épouse Marc, un ami d'enfance qu'elle a rencontré pour la première fois alors qu'elle n'avait que quinze ans. Lorsqu'elle a pris conscience de l'envie qu'elle avait de bâtir quelque chose avec lui, le mariage est apparu comme une évidence. La décision prise, les préparatifs de la noce ont rapidement accaparé une bonne partie de son temps libre.

Assistante de direction dans une imprimerie, elle aime beaucoup son travail. Son patron l'apprécie et il s'est chargé, pour un prix dérisoire, de l'impression des faire-part.

La vie lui sourit. Elle se sent heureuse. La robe qu'elle vient d'essayer contribue à lui donner le sourire. Même si quelques retouches sont à prévoir, elle lui ira comme un gant. Elle a décidé que Marc ne la verrait pas tout de suite. Elle tient à ce qu'il ne la découvre que le jour du mariage et elle pressent déjà qu'il l'adorera. Elle se demande d'ailleurs dans quelle mesure il n'appréciera pas plus encore la nouvelle lingerie qu'elle s'est offerte pour l'occasion. À cette pensée, elle sent la chaleur lui monter aux joues.

La seule ombre au tableau a un prénom, Mathilde, sa mère. Elle a décidé de quitter le foyer alors qu'Isabelle n'était qu'un bébé, et la raison de son départ brutal lui a toujours paru mystérieuse. Cette séparation forcée, Isabelle l'a vécue comme une trahison. Bien que trop jeune à l'époque pour s'en souvenir, elle a très vite instauré une distance avec Mathilde. Depuis, mère et fille ne se voient qu'épisodiquement.

Isabelle se pose des questions sur la présence de Mathilde à son mariage. Elle n'a pas encore confirmé, et venant d'elle tout est possible. Même si Isabelle ne veut pas se l'avouer, elle espère au plus profond d'elle-même que sa mère fera le déplacement.

L'orage est sur le point d'éclater. Elle n'est plus qu'à une dizaine de mètres de sa voiture. Elle se hâte, espérant pouvoir s'y engouffrer avant qu'il ne commence à pleuvoir.

*

Au même moment, Bertrand trompe son ennui en traînant dans Roubaix.

Il n'est pas vraiment méchant, mais quand il ne sait pas trop quoi faire, il boit pour oublier la médiocrité de sa vie et se donner du courage.

L'alcool et lui n'ont jamais fait bon ménage. C'est même une des raisons pour laquelle sa dernière petite amie l'a quitté. Car quand Bertrand a bu, ce grand adolescent attardé fait n'importe quoi.

Lui, le timide, prend alors de l'assurance avec les femmes et se permet des choses qu'habituellement il ne tenterait jamais. Deux personnalités bien distinctes s'opposent dans un même corps. Et depuis déjà un certain temps, une partie de lui-même supporte de moins en moins le Bertrand sobre, mais effacé, que les filles regardent avec condescendance, voire mépris.

Il n'a pas l'excuse d'un milieu qui le pousserait à la boisson ou à la paresse. Ses parents ne boivent pas particulièrement et l'ont toujours poussé dans ses études. Dernièrement, il est pourtant conscient de les avoir déçus.

Surtout son père, qui n'a pas aimé, un matin à l'aube, devoir aller le rechercher au commissariat pour une vitre d'abri de bus brisée.

Une bêtise, pour épater des copains qui s'étaient enfuis en apercevant la voiture de police approcher. Et lui cet imbécile, trop éméché pour les suivre, avait été interpellé. Une courte garde à vue et un passage par une cellule de dégrisement, et il en avait été quitte pour un rappel à la loi avec l'obligation de rembourser la vitre cassée. Pour son malheur, les policiers avaient tenu à ce qu'une personne de confiance le raccompagne à son domicile et il avait dû appeler son père pour rentrer chez lui.

Bertrand en paie maintenant le prix.

Il vient d'avoir vingt ans et a trouvé un boulot de magasinier pour les vacances qui lui sert à rembourser les dégâts causés. Et Bertrand déprime. Son travail ne le passionne pas, et pour la deuxième année consécutive, il a échoué à son bac. Son avenir lui paraît désormais bien sombre.

Il a travaillé le matin et traîne depuis dans Roubaix. Aucun de ses copains n'étant disponible, il occupe son temps libre comme il peut.

Le jeune homme a bu plusieurs verres et l'alcool commence à produire ses effets. Il se sent déjà mieux.

Il a repéré une jolie blonde qu'il s'est mis à suivre sans raison précise. Discrètement, il s'est rapproché d'elle et n'est plus qu'à quelques mètres.

2

Bertrand ne sait toujours pas ce qui lui a pris. Ni à ce moment que son comportement va bouleverser le destin de plusieurs personnes, y compris le sien.

Il a eu à nouveau ce geste fou. Une jeune femme blonde qu'il a repérée quelques minutes auparavant. Il l'a suivie et a voulu l'embrasser, et c'est là que tout a dérapé.

Il s'est approché d'elle. Elle a eu un mouvement de recul. Il a lu sur son visage un mélange de surprise et de peur. Elle a perdu l'équilibre et elle est tombée.

Dans sa chute, la femme a heurté avec sa tête l'arrête d'un mur. Son corps s'est affalé lourdement dans le renfoncement de la porte d'un immeuble. Après ça, elle n'a plus bougé.

Bertrand revoit la scène défiler. Une scène où il a du mal à s'imaginer acteur. Il voit du sang s'écouler de la tête de la jeune femme. Et si elle était morte ? À cette éventualité, Bertrand se sent envahi par une peur panique. Tout s'accélère alors. Il entre dans un état second et perd sa capacité de raisonnement. La seule chose qu'il comprend de façon intuitive, c'est qu'il ne faut pas qu'on le voie près du corps. Il n'a pas d'autre solution que de fuir.

Mais pourquoi n'arrive-t-il pas à maîtriser ses pulsions ? D'habitude, cela ne se passe pas comme cela. La fille crie. Il rigole et s'en va. Et puis c'est tout. Pas de quoi en faire un drame ! Mais là, c'est différent.

L'alcool aidant, Bertrand a encore fait n'importe quoi. Et maintenant, tout est trop rapide. Le sang. La fille qui ne bouge plus. La lâcheté et la peur de devoir répondre de ses actes prennent le dessus, et l'opportunité d'appeler les secours ne lui effleure même pas l'esprit.

Le temps orageux ajoute à sa confusion. Il ne pense plus qu'à s'enfuir. Au plus vite. Mettre le plus de distance possible avec la victime de son comportement douteux.

La pluie commence à tomber.

Il fait demi-tour et remonte la rue en courant, manquant de renverser un homme qui arrive en sens inverse. Il l'entend jurer, mais ne se retourne pas.

Et dire qu'au départ, il ne quémandait qu'un simple baiser. C'était vraiment trop lui demander, un simple petit baiser !

*

Isabelle a sorti la clé de la voiture de son sac. Elle est soulagée. Finalement, elle évitera la pluie.

Elle a prévu de rejoindre une amie avant de rentrer chez elle. Elle souhaite avoir son avis sur la robe qu'elle vient d'essayer. La vendeuse l'a photographiée sous toutes les coutures. Elle veut être certaine d'avoir fait le bon choix. Elle dispose encore d'une semaine pour changer d'avis. Elle croise les doigts pour que son amie valide le modèle qu'elle a choisi.

Elle ne veut pas se l'avouer, mais le mariage l'angoisse. Elle connaît Marc, depuis si longtemps. Est-ce que c'est vraiment la bonne période pour sauter le pas ? Et sa mère, malgré son silence, viendra-t-elle ?

Perdue dans ses pensées, elle ne le voit arriver qu'au tout dernier moment. Elle distingue à peine ses traits, mais voit surtout sa bouche qui manifestement cherche à l'embrasser. Elle perçoit simultanément son haleine imprégnée d'alcool. Elle est d'abord surprise, mais la peur l'emporte et elle recule. Elle se sent partir en arrière. La dernière chose qu'elle voit est un polo orange et des mains qui tentent de la retenir. Elle devine que sa tête heurte quelque chose, avant de perdre connaissance.

*

Après plusieurs minutes de recherche, Fred retrouve enfin sa voiture. Il doit maintenant récupérer sa fille sans tarder. Affronter la mauvaise humeur de son épouse viendra dans un second temps. Déjà trois messages de sa part de plus en plus insistants. C'est sûr, il ne coupera pas à des explications, et il faudra en plus qu'elles soient convaincantes. Et dire qu'après, il aura encore la visite chez la belle-mère à endurer.

Il pleut toujours.

Déjà dix-huit heures quinze, il devrait être chez lui depuis plus d'une heure. Trouver des excuses ne sera pas simple, mais justifier à Nathalie, sa femme, l'arrivée en retard à la crèche, en ayant, circonstance aggravante, l'après-midi de libre, va réellement relever de l'exploit.

Bien entendu, il ne pourra pas lui dire la vérité. À savoir qu'il était avec une autre !

Officiellement, il est allé au cinéma. Nathalie n'est pas curieuse et le film qu'il est supposé avoir vu, une énième reprise d'un film d'horreur avec des morts-vivants, n'est pas censé soulever des questions de sa part.

Sa capacité à se mettre dans des situations impossibles dépasse largement la moyenne. Il ne sait plus ce qu'il veut. Il aime sa femme et pourtant il la trompe. Il ne peut même pas invoquer un coup d'un soir ou une liaison passagère. Cela dure maintenant depuis près de six mois.

La vérité est que Fred ne parvient pas à assumer pleinement sa paternité, et cette liaison est un palliatif pour échapper à ses responsabilités. Une façon de retrouver l'insouciance des premières années avec Nathalie.

Étrangement, sa maîtresse, Élodie, ressemble à son épouse. Il ne se l'explique pas, sinon qu'il serait sans doute bon pour une séance de psychanalyse. Brune comme Nathalie, elle est légèrement plus jeune. Elle se contente, pour l'instant, de passer après sa femme, mais il sait que cela ne durera pas. Elle a déjà évoqué le fait qu'elle le voyait trop peu.

Il a déjà songé à mettre fin à cette liaison. Hypocritement, il culpabilise de plus en plus quand il retrouve sa femme. Il en arrive à se demander si elle ne se doute pas de quelque chose.

Nathalie lui a toujours accordé sa confiance et l'a soutenu durant la période où il avait du mal à garder un emploi. Alors pourquoi cette double vie absurde ?

Absorbé, il finit par s'apercevoir qu'il est arrivé devant la crèche.

Mme Lebrun patiente non loin de la porte, visiblement énervée.

- Alors, monsieur Godot, encore à vous attendre !

Ce n'est pas la première fois qu'il a droit à cette réplique. Souvent les gens connaissent le titre de la pièce de Beckett, mais ne savent pas trop de quoi elle parle. Comme lui, d'ailleurs.

- Papa !

- Ma puce !

Le sourire de Mélanie lui réchauffe toujours le cœur. Elle a enfilé son petit ciré et vient à sa rencontre. Nathalie a été prévoyante pour sa fille. Ce n'est pas son cas en ce qui le concerne. Ses vêtements trempés peuvent en témoigner. Son tee-shirt a réussi l'exploit d'adopter une couleur indéfinissable, entre le rouge et le marron.

- Papa, j'ai fait un beau dessin et Murielle l'a mis au mur.

- Monsieur Godot, intervient Murielle Lebrun, vous pourriez faire un effort, déjà la semaine dernière...

- Je sais, madame Lebrun, je vous prie de m'excuser.

- Je vais devoir le signaler à la directrice, il n'y a pas de raison pour que...

22

- L'orage m'a retardé !

Ce n'était pas tout à fait vrai, mais pas entièrement faux non plus. Fred est passé maître dans l'art des fausses excuses. Le temps plaide pour lui, et Mme Lebrun finit par l'admettre. Avec l'orage, elle aurait de toute façon attendu que ça se calme pour repartir.

Fred embrasse sa fille. Il adore la prendre dans ses bras et retrouver son odeur. Il lui fait des bisous dans le cou. Mélanie lui renvoie un rire. Il apprécie ce petit instant de tendresse où il a le sentiment d'être un père à part entière. Un rituel, quand ils se retrouvent, qui est important pour tous les deux.

Il la fait monter en voiture, prend le sac qui contient les affaires de sa fille et, après avoir attaché Mélanie sur son siège, démarre.

Celle-ci est en forme, impatiente de raconter sa journée. Il l'écoute distraitement, incapable de se concentrer sur les paroles. Il se demande ce qu'il va pouvoir dire à Nathalie pour expliquer son retour tardif. Il sait déjà qu'il va devoir faire des concessions pour amadouer son épouse, notamment lors de la visite chez la belle-mère. Il n'y coupera pas. Il devra accepter, une fois n'est pas coutume, l'incontournable invitation de belle-maman à rester manger.

Finalement, un moindre mal, au regard des événements qui frapperont Fred les prochains jours !

3

La rue est bloquée par une ambulance qui stationne toute sirène hurlante. Isabelle n'a toujours pas repris connaissance. Sa respiration est irrégulière et son état jugé préoccupant.

Les pompiers ont été alertés par un vieux monsieur qui l'a trouvée sur le seuil de sa maison, en allant promener son chien.

Rachid Mahraoui est sur le point de raconter à l'inspecteur Michel Delattre comment il a découvert la jeune femme.

- J'ai attendu la fin de l'orage pour promener Sultan, mon berger allemand, et je l'ai découverte là. Il devait être aux alentours de dix-huit heures quinze. J'ai tout de suite appelé les pompiers car elle ne bougeait plus. Et je peux vous dire que j'ai eu peur. J'ai d'abord cru qu'elle était morte. Il y avait du sang dans ses cheveux.

- Vous n'avez rien entendu ? demande le policier, sans illusion.

- J'ai trié des vieux papiers une partie de l'après-midi, dans mon bureau à l'étage, et non, je n'ai rien entendu. Pour tout vous dire, je suis un peu sourd, et en plus, il y avait de l'orage.

Michel Delattre tourne alors la tête, entendant son collègue qui l'interpelle.

- Eh Michel, viens voir, j'ai trouvé son sac. Apparemment, elle l'a lâché quand elle est tombée. Regarde le nom sur la carte d'identité, Isabelle Pelissier. Elle ne serait pas parente avec l'adjoint au maire, Robert Pelissier ? interroge le brigadier Petit, son équipier.

- Tu as raison, je vais me renseigner. Si c'est le cas, je peux te dire que ce sont des emmerdes assurées. Ce qui est sûr, c'est qu'elle est trop jeune pour être tombée toute seule. À tous les coups, on a affaire à une agression. C'est bizarre que son sac soit encore là. Un camé serait parti avec. Pour les indices éventuels, avec ce qui est tombé, on aura du mal à trouver quelque chose d'exploitable.

- Et moi, je peux partir ?

- Je vais prendre votre nom. Pour votre adresse, on l'a. On vous convoquera si on a besoin d'un complément d'enquête. Vos nom et prénom ?

- Mahraoui Rachid. Je suis artisan-plombier retraité. J'ai soixante-douze ans, même si on me dit souvent que je ne les fais pas.

Michel le regarde en souriant, mais ne le détrompe pas. Dans son métier, il a l'habitude de tout entendre.

Attirée par le bruit qui règne dans la rue, Germaine s'est approchée. Elle a interrompu son émission de télévision préférée, pour voir ce qui pouvait provoquer une telle agitation. Comprenant ce qui s'est joué, elle est toute retournée.

Pour une fois dans sa vie, elle a peut-être l'opportunité d'être le centre de toutes les attentions, car elle a un avis sur ce qui s'est passé.

Elle n'a pas pu voir directement ce qui est arrivé à la jeune femme, c'est vrai, mais c'est tout comme. Elle a eu l'occasion de dévisager celui qui pourrait être l'agresseur et ça, elle en est convaincue !

*

Robert Pelissier a de l'ambition. Certains diraient trop. Il a gravi les échelons à force de travail et de ténacité, ou plus exactement, parce qu'il n'a pas hésité à écarter tous ceux qui ont tenté de se mettre en travers de sa route. S'il devait se décrire, il se dirait opportuniste, mais arriviste, certainement pas. Il s'est simplement toujours trouvé au bon endroit, au bon moment.

Il est le premier adjoint et sait que le maire ne souhaite pas se représenter aux prochaines élections. Robert ne doute pas que celui-ci soutienne sa candidature devant le parti. Être maire d'une petite ville de province, il en rêve déjà depuis des années et ne compte pas s'arrêter là. Son ambition ultime est d'être député. Les lustres du Palais Bourbon, avec une place attitrée au sein de l'hémicycle, représenteraient l'apogée de sa carrière politique.

Architecte, il possède son propre cabinet, dans une artère prestigieuse de Roubaix, mais consacre maintenant l'essentiel de son temps à sa commune. Il a pris l'habitude de ne plus intervenir que sur les projets de construction les plus ambitieux, et de confier les dossiers de moindre envergure à ses collaborateurs.

Divorcé depuis près de trente ans, il ne s'est jamais remarié. Il a la réputation d'être un homme à femmes, et cela flatte son ego. Son célibat lui convient et lui réussit plutôt bien, et il doit se l'avouer, pour rien au monde, il ne voudrait abandonner ce statut.

Il se trouve en pleine séance d'une commission d'aménagement de quartier, quand la sonnerie de son portable retentit. Il en est agacé, d'autant qu'en général, il le coupe, justement pour éviter ce type de désagrément. Quand il voit apparaître un numéro qui n'est pas dans son répertoire, il ignore l'appel.

*

Isabelle reprend lentement conscience dans l'ambulance. Qu'est-ce qui lui est arrivé ? Que fait-elle là ? Sa tête est lourde et elle peine à retrouver ses esprits. Elle essaie de bouger, mais ne peut réprimer une grimace.

- Ah, mademoiselle émerge. Ne bougez pas ! Vous êtes restée inconsciente un certain temps. Vous êtes dans une ambulance, on vous emmène à l'hôpital. N'essayez pas de bouger. On va vous faire des examens. Comment vous appelez vous ?

- Isabelle, je crois. Oui, c'est ça. Isabelle Pelissier. Prévenez mon ami. Il va s'inquiéter, parvient-elle à répondre dans un souffle.

- Ne vous en faites pas, on essaie de joindre votre père.

- Pas mon père, mon ami !

- Restez calme. Tout va bien se passer !

L'effort qu'elle a fait pour formuler quelques mots l'a épuisée. Elle voit, comme dans un brouillard, une perfusion plantée dans son bras s'écouler goutte à goutte, mais elle a toujours des difficultés à comprendre ce qui lui arrive. Tout lui paraît confus. Isabelle regarde autour d'elle, sans pouvoir bouger la tête. Elle est sanglée dans un matelas coquille. Un sentiment de peur s'empare d'elle.

Elle réussit à bouger ses doigts, mais commence à paniquer quand elle s'aperçoit qu'elle ne sent plus ses jambes. Elle voit un visage, au-dessus d'elle, qui se veut rassurant, et sombre à nouveau dans la torpeur.

Elle se sent complètement détachée de son corps et a l'impression de flotter dans l'air. À un moment, des lèvres monstrueuses veulent l'embrasser et elle tente de les repousser. Elle essaie d'appeler Marc à l'aide. Elle a besoin qu'il soit là pour l'aider à sortir de ce cauchemar.

- Vous me paraissez agitée, je vais vous donner un tranquillisant pour vous calmer.

Elle sent une piqûre. Puis elle perçoit des sons diffus, sans arriver à en saisir l'origine. Elle a beau se concentrer, tout devient flou. Les bruits semblent provenir de plus en plus loin. Quand ils ne sont plus qu'un murmure, elle perd à nouveau connaissance.

*

Il a couru jusqu'à l'épuisement. Complètement dégrisé, il se demande maintenant ce qui lui a pris. Il a tué quelqu'un. Enfin, il n'en est pas sûr, mais il le pense. Lui qui ne supporte pas la vue du sang.

Allongé sur un banc du parc Barbieux à Roubaix, il réfléchit à ce qu'il a fait.

La pluie a cessé. L'air est encore chargé d'humidité. Avec le retour du soleil, les gouttes d'eau à la surface des feuilles semblent briller de mille feux. Des odeurs d'herbe mouillée flottent dans l'air et chatouillent les narines. Indifférents à ce qui les entoure, des canards s'ébattent dans un étang, tandis que des crapauds profitent de la douceur vespérale pour se déclarer bruyamment leur amour.

Plus loin sur un autre banc, un couple d'amoureux, tendrement enlacés, savoure le spectacle. Ils ne paraissent pas s'être rendu compte de l'orage. Le feuillage d'un arbre leur a fourni l'illusion d'une protection, inconscients du risque qu'ils ont couru.

Ah, si pour lui tout était aussi simple. Il les regarde un moment avec envie, mais la vérité est qu'il est jaloux de leur bonheur.

Face à ce qu'il a fait, il prend vite la décision de ne rien dire. À personne. Pas à ses parents, tout d'abord, qui ne s'en remettraient pas, et cela tombe bien, ils sont en vacances. Ni à ses amis ensuite, car avec eux, un secret ne le reste jamais très longtemps.

Inconsciemment, il commence déjà à remiser la victime dans un coin de son esprit et à se préoccuper davantage de son sort que des conséquences de son acte. Immature, la mort conserve encore pour lui un aspect abstrait, bercé qu'il est par les jeux vidéo et leurs mondes virtuels.

Personne ne doit savoir. Il ne pense pas que quelqu'un l'ait vu. Il va rentrer chez lui et faire comme si de rien n'était. Et puis, elle n'est peut-être qu'assommée. Après tout, il l'a à peine touchée. C'est bien elle qui est tombée toute seule, pas lui qui l'a poussée.

*

Fred arrive devant sa maison, située dans un quartier résidentiel, à la périphérie de la ville. Nathalie l'attend à la porte, assez énervée.

- Où étais-tu ? J'étais inquiète, tu aurais dû être rentré depuis longtemps !

- Attends, je vais t'expliquer ! Je fais d'abord descendre Mélanie de la voiture.

- Maman !

- Ma chérie ! Ça a été, mon amour ? Qu'est-ce que tu as fait à la crèche aujourd'hui ?

La discussion est close temporairement, mais Fred sait qu'il doit rapidement trouver une explication qui tient la route, car Nathalie ne laissera pas tomber.

Il rentre et dépose le sac de Mélanie sur la table de la cuisine. Sa femme a commencé à préparer un repas, alors qu'habituellement, c'est lui qui s'en charge, mais ce n'est pas cela qui l'étonne le plus.

- Euh, nous n'étions pas censés passer chez ta mère ce soir ?

- Qu'est-ce que tu crois ? Comme je ne te voyais pas rentrer, je l'ai appelée pour lui dire qu'on passera demain. Enfin, si monsieur Godot daigne bien faire un effort demain pour rentrer à l'heure prévue. Je suppose que monsieur, pour ce soir, a encore une bonne excuse à me servir sur un plateau !

Sentant la tension qui s'installe, Fred sait déjà qu'il va devoir jouer sur du velours, s'il veut éviter une dispute qui risque de s'enliser. Innocemment, Mélanie est déjà partie dans sa chambre raconter sa journée à ses poupées.

- J'ai perdu du temps avec l'orage, et il y avait du monde sur la route.

- Enfin, ton film n'était pas censé se terminer vers seize heures trente ? Tu te moques de moi !

- Bon, tu as raison ! À la sortie du ciné, je suis tombé sur Patrick, qui m'a invité à prendre un verre à la taverne du centre et je n'ai pas vu le temps passer. Tu sais comment il est.

31

- Patrick, ben voyons ! Toujours là, dès qu'il s'agit de boire un coup. Et à la crèche ? Comme je la connais, Mme Lebrun t'a encore collé une amende pour ton retard.

- J'ai eu de la chance. L'orage m'a permis de l'éviter. Elle attendait qu'il se termine pour partir !

Sa femme en reste là, mais Fred n'en mène pas large. Il déteste mentir, même s'il en a pris l'habitude. Pour changer de sujet, il entreprend d'investir la cuisine, désireux d'arrondir les angles.

La cuisine est petite, mais fonctionnelle. Nathalie en a réalisé la déco. Ce n'est pas un domaine où il aime s'investir. Comme pour beaucoup d'autres choses, il suit son avis. Ses copains ne se privent jamais de lui rappeler que son épouse porte la culotte. Mais après tout, si ça lui plaît.

Il commence à faire revenir dans du beurre les oignons que sa femme a émincés. Elle avait prévu de faire une sauce tomate fraîche, avec des pâtes et du jambon. Mais ce n'est pas suffisant pour ce soir et l'opération séduction qu'il a décidé d'entreprendre.

Il sent que pour l'amadouer, il a intérêt à se surpasser. Le magret de canard, initialement prévu pour le lendemain, devrait faire l'affaire. Avec des oignons confits et des petits pois, plus quelques pommes de terre sarladaises. Ça sera parfait. C'est un plat qu'il maîtrise bien, pourvu qu'il soigne la cuisson du magret. En plus, il sait que sa femme adore. Cela devrait adoucir son humeur.

Une douce odeur se répand bientôt dans la pièce, contribuant à apaiser les tensions.

Fred est conscient de la fragilité de la situation. Il devra être plus prudent à l'avenir. D'autant qu'un regard furtif à sa femme lui fait comprendre qu'elle ne va pas passer l'éponge aussi facilement. Il se dit qu'il lui faudra téléphoner à Patrick pour l'avertir, car on ne sait jamais. Il y a toujours le risque que Nathalie le croise et lui parle de leur supposée rencontre. Elle serait même capable de l'engueuler, pour avoir détourné de son foyer son mari influençable.

4

- Alors, elle a un lien de parenté avec l'adjoint Pelissier ? interroge Michel Delattre, toujours présent devant l'immeuble où Isabelle a été retrouvée inconsciente.

- Le commissariat a vérifié, c'est sa fille, lui répond Philippe Petit. Ils ont essayé de le contacter, mais il ne décroche pas.

- Ben dis donc, on n'a pas fini d'entendre parler de cette enquête.

Derrière eux, Germaine se fait pressante.

- Messieurs les policiers, j'ai une déclaration à faire. J'ai vu l'agresseur, enfin je crois.

- Bon, je vais prendre votre déposition. Commencez d'abord par me donner votre nom, votre prénom et ensuite votre adresse.

D'ordinaire, Michel se serait méfié. La vieille dame qui est devant lui a un air un peu trop théâtral à son goût. En dépit de sa jeune expérience, il sait que ce genre de témoin n'est pas toujours d'une fiabilité à toute épreuve. Mais il sait aussi qu'on va lui demander des résultats rapides, compte tenu de la personnalité de la victime, alors s'il a quelque chose à se mettre sous la dent, c'est mieux que rien.

Jeune inspecteur, il lui reste à faire ses preuves. Depuis six mois qu'il a été affecté à Roubaix, il n'a pas encore eu l'occasion de se mettre en avant. Il ne rêve que de repartir dans le Bordelais, sa région natale, et ce ne sont pas les interpellations des petits dealers et autres poivrots qui sont susceptibles de faire décoller sa carrière.

Germaine sent que c'est son heure de gloire. Elle va leur montrer qu'elle a encore toute sa tête, et que son sens de l'observation est toujours affûté. Son trop-plein de frustration, accumulé à longueur de journée sans intérêt, va pouvoir trouver un exutoire.

- Germaine Rossignol. Je suis retraitée des impôts et j'habite au 27, rue Henri Lefebvre, la rue où nous nous trouvons. J'ai soixante-neuf ans, bientôt soixante-dix, et je suis veuve depuis cinq ans.

- OK, ça ira pour maintenant. De toute façon, on vous demandera de passer au commissariat pour compléter votre déclaration. Qu'avez-vous vu ?

Et Germaine commence son show avec moult détails, forte de l'expérience acquise devant sa télé à visionner les *Julie Lescaut* et autres *Experts*.

- Il était dix-huit heures dix, je venais de regarder l'horloge. C'est mon défunt mari qui me l'a offerte. Vous la verriez. Elle est magnifique. Elle est en bronze avec des petits oiseaux de chaque côté et…

- Venez-en aux faits, s'il vous plaît ! Madame, qu'avez-vous vu ? l'interrompt Michel, peu désireux de subir la description de l'intérieur de Germaine.

- Il est arrivé rapidement. Il pleuvait déjà. Il n'avait pas la conscience tranquille. Il avait un tee-shirt rouge sombre.

La trentaine. Il était français, comme vous. Je veux dire, enfin vous savez bien…

- Oui madame, je crois que j'ai compris, et alors, qu'a-t-il fait ensuite ?

- Il s'est arrêté. J'ai eu le temps de le voir avant qu'il ne tourne dans cette rue, dit-elle en pointant son doigt dans la direction.

- Et il venait de l'endroit où a eu lieu l'agression présumée ? interroge Michel, dubitatif.

- Oui, de là, se régale Germaine, consciente de l'intérêt qu'elle suscite. Vous admettrez, comme moi, que c'est impossible qu'il ne l'ait pas aperçue en arrivant sur elle, s'il est innocent !

- On verra ! Pour le moment, on ne fait que recueillir votre témoignage. Pouvez-vous le décrire plus précisément ?

Et Germaine de se lancer dans une description avec force gestes. Taille, couleur des cheveux, grain de beauté sur la joue, elle a tout vu. Germaine en rajoute, sans en avoir vraiment conscience, mais pour une fois qu'elle est le centre de toutes les attentions.

- Vous me surprenez, lui lance un Michel un peu narquois. Le temps était orageux et il faisait très sombre à cette heure-là.

- C'est vrai, mais un éclair a illuminé la rue lorsqu'il est passé devant ma fenêtre ! Ah, et puis je me suis rappelé un détail. Je l'ai déjà rencontré à la bibliothèque où travaille ma copine Gisèle comme bénévole.

- Et l'espace d'un éclair, vous avez réussi à voir tout ça ?

- Qu'est-ce que vous croyez, j'ai peut-être soixante-neuf ans, mais je n'ai toujours pas besoin de lunettes ! lui réplique, du tac au tac, une Germaine un peu vexée.

*

Marc observe sa compagne qui somnole. Il a été averti par le commissariat qui a trouvé ses coordonnées dans le sac d'Isabelle.

Elle est pâle, encore sous l'effet des tranquillisants. Allongée sur un lit dans une chambre particulière, elle a les traits tirés, mais ne semble pas souffrir. Un bandage, maintenu par un filet, entoure sa tête et son cou est immobilisé par une minerve.

Celle qu'il aime paraît tellement fragile, alors qu'habituellement elle est si dynamique. Marc n'a qu'une envie, c'est de la prendre dans ses bras. Pourtant, il doit se retenir. L'infirmière l'a prévenu. Il ne pourra pas rester plus de dix minutes avec elle et il ne doit, en aucun cas, essayer de la déplacer. Comment le pourrait-il d'abord ? Elle est sanglée sur un brancard rigide. Et puis, il aurait trop peur de lui faire du mal sans le vouloir.

L'ambulance a conduit Isabelle aux urgences du centre hospitalier de Roubaix où elle a subi dès son arrivée un scanner, avant d'être admise dans le service de traumatologie.

Marc est inquiet. Il n'a pas eu beaucoup de renseignements. Tout au plus, qu'Isabelle a subi un choc. Il a dû se contenter d'un vague « il est encore trop tôt pour se prononcer ». Il s'attend donc au pire. Une seule information a fini par filtrer. Isabelle doit encore subir des examens, et seulement au vu des résultats, une opération sera éventuellement pratiquée.

Pour l'instant, pas d'autres solutions que d'attendre. Hypnotisé par la perfusion qui s'écoule au compte-gouttes, Marc ne sait plus trop comment réagir. Divisé entre inquiétude et colère, il se sent envahi par un terrible sentiment d'impuissance.

« Pourquoi ? » est la question qu'il se pose sans cesse.

Ils avaient tout pour eux. Ils étaient heureux. Ils allaient se marier, et maintenant, tout est sur le point d'être remis en cause. Marc a la gorge nouée et les larmes aux yeux, rien que d'y penser.

Il doit se ressaisir. Le père d'Isabelle a aussi été contacté et doit arriver d'une seconde à l'autre.

Marc anticipe sa réaction, tellement prévisible. Il imagine déjà le scénario. D'abord, en haussant la voix, Robert exigera de rencontrer un responsable, fort de sa situation de premier adjoint. Ensuite, il demandera que le professeur Untel, qu'il connaît bien évidemment personnellement, s'occupe de sa fille. Tout ça finalement pour quoi ? Marc aimerait qu'il en soit autrement, d'autant qu'il est persuadé que Robert n'apprendra rien de plus que lui. Quant à l'existence d'un traitement miraculeux qui remettrait sur pied Isabelle d'un claquement de doigts, cela relève carrément du fantasme.

Marc essaie de se souvenir des paroles des policiers. Il n'a pas trop compris ce qui était arrivé à Isabelle. Tout au plus, qu'on l'avait trouvée sans connaissance devant l'entrée d'un immeuble. Malaise, agression ? À ce stade de l'enquête, aucune hypothèse n'a encore pu être écartée.

A l'idée qu'Isabelle ait pu être agressée, Marc frissonne. Il est à deux doigts de craquer. Il n'a pourtant pas le choix. Pour elle, il doit se montrer fort, d'autant qu'une autre épreuve se profile dans le couloir. L'arrivée de son futur beau-père !

*

En ce lundi soir, Fred est assis avec sa femme devant la télévision. Ils regardent distraitement un téléfilm sur une sombre histoire de vengeance qui ne leur laissera pas un souvenir impérissable.

L'orage est passé, au sens propre comme au sens figuré. Mélanie est couchée. Après un verre d'eau et la lecture d'un conte, elle s'est endormie plutôt facilement.

Dans leur salon, l'ambiance est feutrée. La lampe halogène est allumée à minima, assurant une clarté rassurante à la pièce, juste rehaussée par la luminosité de la télévision. Allongée sur le canapé, Nathalie a appuyé la tête sur les genoux de son mari et commence à s'assoupir.

Fred aime ces instants avec elle où le temps semble suspendu. Il repense à sa journée et se dit que c'est un signe. Mettre fin à sa relation avec Élodie doit devenir une priorité. Il a, une nouvelle fois, dû mentir à sa femme et il déteste cela. La situation devient intenable pour lui. Élodie lui a fait comprendre qu'elle souhaitait que leur relation évolue et qu'elle ne se satisfaisait plus de leurs rencontres épisodiques.

Il maudit cette difficulté qu'il a à prendre des décisions et qui lui donne le sentiment d'être tiraillé entre sa femme et sa maîtresse. Il ne devrait retenir qu'une seule chose. Il ne veut pas quitter Nathalie. Il tient autant à elle qu'à sa fille et une séparation n'est tout simplement pas envisageable.

Fred voit que le téléfilm a pris fin et éteint la télé. Absorbé par ses réflexions, il ne saura pas qui a tué la nièce du vigneron, mais cela lui importe peu.

Sa femme s'est endormie et dort paisiblement. Elle est si belle. Elle a pris, en vieillissant, cette habitude de froncer le nez dans son sommeil qui le fait craquer. En la contemplant, il se sent comme apaisé.

Et à cet instant, il ignore encore qu'il ne retrouvera pas une période de tranquillité comme celle-là avant plusieurs jours.

5

Robert Pelissier a fini par se taire, ce qui est déjà une victoire en soi. Il a les larmes aux yeux, en écoutant le responsable du service lui confirmer les résultats du scanner.

Lors de la chute, la moelle épinière a subi une lésion. Même si celle-ci est incomplète, la rééducation sera longue. À ce stade, il est difficile d'en connaître précisément les conséquences. Des examens complémentaires doivent être pratiqués avant d'envisager une éventuelle opération.

Dans l'immédiat, Isabelle a un traitement à base de corticoïde et de morphine. La lésion a été diagnostiquée rapidement, et c'est plutôt une bonne chose. Cela a permis de démarrer un protocole adapté sans tarder. Le fait qu'Isabelle ne sente plus ses orteils ne veut pas forcément dire qu'elle ne marchera plus, mais est quand même révélateur d'une perte de sensibilité.

Curieusement, Robert est resté digne. Il a écouté avec attention le spécialiste lui expliquer traitements et prise en charge de la lésion. Lui d'ordinaire si volubile, semble maintenant presque résigné. Il en regrette presque l'esclandre qu'il a déclenché la veille à son arrivée.

À ses côtés, Marc ne dit rien. Sonné, il n'arrive pas encore vraiment à réaliser. Il enregistre mécaniquement les mots du spécialiste, mais a du mal à en mesurer les conséquences.

Il entend le médecin proposer de voir Isabelle seule, pour lui fournir toutes les explications sur son état. Il veillera à ce qu'elle soit prise en charge psychologiquement. Isabelle va avoir besoin d'être entourée dans les jours à venir, mais cela, Marc s'en serait douté. Comment pourrait-il en être autrement ?

Marc a du mal à se concentrer. Les paroles du spécialiste lui parviennent de plus en plus éloignées. Égoïstement, il pense déjà au mariage repoussé, au voyage de noces annulé, à leurs amis à prévenir.

Ce qu'il a aussi des difficultés à oublier, c'est le souvenir d'Isabelle sportive et pleine de vie.

Adeptes tous les deux de randonnée, elle avait toujours plusieurs longueurs d'avance sur lui lors des sorties. S'amusant de le voir au bord de la syncope, alors qu'elle-même était en pleine forme, ou le critiquant lorsqu'il réclamait une énième pause. Lors de leurs dernières vacances, elle avait sauté à l'élastique pour la première fois. S'amusant comme une folle, elle avait réitéré son exploit, en effectuant un saut de l'ange. Et lui n'avait pas osé enjamber le parapet. Les moqueries qu'il avait dû supporter de sa compagne, à l'époque…

Mais, tout cela c'est du passé !

Perdu dans ses pensées, il met du temps à se rendre compte que son futur beau-père lui parle :

- Je dois partir, j'ai une réunion dans une demi-heure. De toute façon, ma présence ne lui apportera rien dans l'immédiat. Je la connais. Isabelle préférera te voir en premier. Je me charge de prévenir sa mère. Peux-tu avertir tes parents, de ton côté ? Je reviendrai dès que je le pourrai, déclare Robert Pelissier, visiblement ému, mais aussi désireux de changer d'air.

Marc sent que celui-ci, impuissant devant l'état de sa fille, a choisi la fuite, à un moment où il aurait dû lui procurer réconfort et témoignages d'affection. Marc n'ignore pas les relations tendues entre le père et la fille. Disputes et non-dits ont contribué à dégrader, au fil des ans, leurs rencontres intermittentes, composées d'échanges souvent froids et brefs.

Aussi, il ne s'étonne pas de l'attitude du père d'Isabelle. D'autant plus, qu'il sait que son manque apparent d'empathie est, en partie, la conséquence de la carapace qu'il s'est constituée pour affronter l'environnement politique dans lequel il évolue.

- Vous pouvez compter sur moi ! J'appellerai mes parents tout à l'heure et je vais rester à l'hôpital. J'ai pris ma journée pour passer du temps avec Isabelle. Elle va avoir besoin de moi, quand elle aura été mise au courant de son état.

En disant cela, Marc se demande si ce n'est pas lui, surtout, qui a besoin d'être rassuré. Il craint de croiser le regard d'Isabelle. Cet instant où elle plongera les yeux dans les siens. Cet instant où elle lira sur le visage de son compagnon une peur nouvelle de l'avenir, alors qu'elle y cherchera simplement des raisons d'espérer.

*

Gisèle règne en maîtresse femme sur *sa* bibliothèque. Responsable d'une petite bibliothèque associative de quartier, elle mène à la baguette une petite troupe de bénévoles qui se dévouent corps et âme pour faire partager le plaisir de la lecture au plus grand nombre.

Gisèle a tout organisé. Rayonnage, classement, abonnements, rien n'a été laissé au hasard. Pour un prix modique, il est possible d'emprunter livres ou revues pendant un mois. Elle a toujours veillé à offrir une grande diversité d'ouvrages accessibles à tous.

Ce mardi matin, elle vient d'ouvrir les portes au public. La matinée est calme, et elle s'affaire avec une autre dame à ranger des livres.

Elle a encore en tête la curieuse conversation qu'elle a eue au téléphone, la veille au soir, avec Germaine. Celle-ci, exaltée, lui a rapporté par le menu sa discussion avec des policiers.

Que lui a-t-elle dit déjà ? Elle aurait vu un criminel s'enfuir, qu'elle est sûre d'avoir déjà croisé à la bibliothèque. N'importe quoi ! Gisèle passe en revue les différents adhérents et elle a du mal à s'imaginer l'un d'entre eux en criminel. D'autant que la description que Germaine en a faite lui a paru confuse. Elle a beau réfléchir, elle ne voit pas de qui il pourrait s'agir.

Gisèle, par habitude, se méfie un peu de l'esprit romanesque de son amie. Elle ne dirait pas qu'elle est mythomane, mais plutôt qu'elle a une fâcheuse tendance à déformer la réalité.

Elle est en train de ranger le dernier roman à la mode, quand les policiers chargés de l'enquête se présentent à l'entrée.

Michel, le jeune inspecteur, a encore des doutes sur la véracité du témoignage de Germaine Rossignol. Comme la victime n'est pas encore en état d'être interrogée, il doit pourtant s'en contenter. Il espère que la bibliothécaire l'aidera à identifier la personne décrite par Germaine.

Gisèle se doute tout de suite, en voyant les nouveaux entrants, que ce ne sont pas des lecteurs potentiels. Quand elle voit le peu d'attention qu'ils manifestent aux livres, elle fait le rapprochement avec l'appel de Germaine.

Elle a plus de soixante-dix ans, mais elle montre toujours un intérêt pour la gent masculine et sait reconnaître un bel homme quand elle en voit un. Immanquablement, l'un des deux hommes qui se dirige vers elle fait partie de cette catégorie. Athlétique, la démarche féline, il attire le regard des femmes et avant même qu'il ne s'adresse à elle, Gisèle est déjà sous le charme. Quand il la regarde, elle se sent rougir comme une collégienne, et minaude :

- Gisèle Legrand, je suis la responsable de cette bibliothèque. Je peux vous aider ?

- Inspecteur Michel Delattre et mon équipier, le brigadier Philippe Petit. Nous enquêtons sur l'agression présumée d'une jeune femme qui a eu lieu hier. Mme Germaine Rossignol, que vous connaissez, a vu une personne que nous souhaiterions entendre dans le cadre de l'enquête. Selon ses dires, cette personne fréquenterait cette bibliothèque. Pouvez-vous nous aider à l'identifier ? Un fichier avec le nom et, éventuellement, la photo de vos adhérents nous faciliterait la tâche.

- Mais bien sûr, nous sommes informatisés, vous savez. Nous avons les fiches de chacun de nos adhérents, avec leurs coordonnées et leur photo. Nous pouvons même connaître les livres les plus empruntés, pour mieux répondre aux goûts de nos abonnés.

Bien décidée à éblouir son interlocuteur, Gisèle se lance pour présenter sa bibliothèque sous ses plus beaux atouts. Michel l'écoute quelques minutes, puis décide de couper court, reprenant le contrôle de l'entretien.

- Mme Rossignol nous a donné une description de l'individu. Un homme de type européen, la trentaine, un mètre quatre-vingts, cheveux châtains, un grain de beauté sur la joue gauche. Il n'a pas de moustache, ni de barbe.

- Laissez-moi réfléchir. Votre description pourrait s'appliquer à beaucoup de personnes. Quoique, avec un grain de beauté sur la joue. J'ai peur de me tromper. Je vois bien une personne qui pourrait correspondre, mais il paraît si gentil. J'ai du mal à croire que ça puisse être lui... Il vient régulièrement avec sa petite fille. Écoutez, le mieux serait que vous reveniez avec Germaine. Je n'ai pas envie de vous induire en erreur. Si elle est sûre que c'est un de nos adhérents, elle pourra l'identifier facilement, à partir des photos des fiches.

- C'est une idée, admet Michel. Elle nous a laissé son numéro de portable. Philippe, peux-tu l'appeler et voir si nous pouvons revenir avec elle en début d'après-midi ? Vers quinze heures, cela irait pour vous, madame Legrand ?

- Tout à fait, nous rouvrons à quatorze heures, il n'y a donc pas de problème.

- Bon, dans ce cas, nous n'allons pas vous déranger plus longtemps.

- Je viens d'avoir Mme Rossignol, et c'est également d'accord pour elle, précise Philippe.

- Si cette heure convient à tout le monde, nous n'avons plus qu'à nous retirer. À tout à l'heure, madame Legrand.

- À tout à l'heure, inspecteur, lui répond une Gisèle regrettant de ne pas avoir quelques années de moins, en dépit de l'alliance qu'elle porte.

En regardant les deux policiers franchir la porte, elle a mis avec certitude un nom sur la description fournie par le jeune inspecteur : M. Godot, si respectueux et poli, qu'elle ne le voit vraiment pas suspect dans une affaire d'agression. Elle a préféré taire le nom aux policiers, plutôt que de le désigner à tort.

Monsieur Godot. En se répétant le nom, elle se dit que ce n'est, tout simplement, pas possible. Germaine s'est forcément trompée. Son petit calva du soir a encore dû lui obscurcir l'esprit.

*

Au même moment, Fred Godot est à son poste de travail. Comptable dans une entreprise de services à la personne, il a pris du retard dans la production des comptes mensuels. Il est complètement débordé et le monceau de factures à enregistrer, sur son bureau, ne contribue pas à lui redonner le moral. Même le sourire de Nadia, l'aide-comptable, ne parvient pas à le dérider.

Déjà deux heures auparavant, la matinée avait mal commencé. Son réveil, mystérieusement, n'avait pas sonné, et pour corser le tout, sa femme, contrairement à son habitude, était partie travailler sans le réveiller.

Il la soupçonne, depuis lors, d'avoir voulu lui donner une leçon pour le punir de son retard de la veille.

Assistante commerciale chez un grossiste en fruits et légumes, Nathalie commence tous les jours à sept heures au MIN de Lomme, l'équivalent nordiste, en taille plus modeste, du marché de Rungis. Ce qui fait que tous les matins, il doit s'occuper seul de Mélanie, tout en s'activant pour arriver à l'heure à Express Perso Services (EPS), la société qui l'emploie. Un exploit quotidien, déjà en temps normal.

Pressé par le temps, il a déposé dans l'urgence sa fille à la crèche, en oubliant le sac de Mélanie dans le coffre de la voiture, et bien sûr, son assistante maternelle préférée s'en est aperçue.

Sa distraction l'obligera à un aller-retour pendant la pause déjeuner. Sa fille ne comprendra rien à sa présence à la mi-journée, mais avec un peu de chance, elle fera déjà la sieste. Dans tous les cas, il n'a pas le choix. Et puis, il ne doit pas oublier aussi de prévenir Patrick, son alibi pour l'après-midi d'hier. Il y a peu de chance que Nathalie le contacte, mais on ne sait jamais.

EPS est la sixième entreprise dans laquelle il travaille, depuis un peu moins de dix ans. Le problème de Fred est sa difficulté à se fixer professionnellement. Très vite, la répétition des tâches l'ennuie et il se démotive alors rapidement, au grand désespoir de Nathalie, que l'instabilité chronique de Fred a fini par angoisser. Mais surtout, son purisme fait qu'il exècre les libertés que les dirigeants prennent parfois avec les lois.

En tant que comptable, il a déjà été le témoin de ces excès qui l'insupportent. Entre le coût d'entretien du jardin d'un directeur général, supporté par la société, et la construction d'une piscine financée par une fausse facture de prestation d'un entrepreneur, plus rien ne l'étonne.

Quand, lors de sa précédente expérience professionnelle, il a attiré l'attention sur le montant des travaux de peinture réalisés sur un site, il lui a été répondu que tout était conforme. Dans les faits, il a fini par s'apercevoir que le site en question n'avait pas vu l'ombre de l'intervention d'un peintre. Il en a alors tiré les conclusions qui s'imposaient et son caractère entier l'a conduit à démissionner.

Depuis, Fred travaille chez EPS. Il s'est dit que sur le créneau des activités à la personne, les fraudes seraient moins nombreuses, et il n'a pas été déçu. Pour la première fois de sa vie, il se sent bien dans une entreprise. Son patron a édicté un code moral très strict qui le rassure et l'incite à pouvoir, enfin, envisager un travail durable dans une société.

Pourtant, s'il savait ce qui l'attend dans les heures à venir, Fred Godot profiterait sans doute davantage de l'instant présent. Focalisé par sa charge de travail, il ne remarque pas les nuages qui s'accumulent au-dessus de sa tête.

6

Isabelle a du mal à retrouver ses esprits après la visite du médecin.

Elle est paralysée ! Paraplégique pour être exact. Quel mot inepte. Le terme « handicapée » revient sans cesse occuper ses pensées. D'abord chuchoté par une petite voix, puis répété de plus en plus fort, jusqu'à saturer ses oreilles.

Le praticien a beau lui avoir dit qu'il était encore trop tôt pour émettre un diagnostic définitif. Elle n'a retenu que le risque potentiel : la perte possible de sa motricité. Déjà, elle ne se fait plus d'illusion. Il y a peu de chance pour qu'elle retrouve un jour l'usage de ses jambes.

Pour elle, sportive dans l'âme, le coup est rude. Isabelle n'arrive tout simplement pas à s'imaginer dans un fauteuil roulant. Qu'adviendra-t-il de son footing matinal ? De ses longues randonnées avec Marc sur des chemins escarpés ? Elle en fauteuil roulant, poussée par son compagnon comme une petite vieille, avec pourquoi pas un plaid sur les genoux. Et puis quoi encore ! C'est quoi l'étape suivante : la camomille au coin du feu ?

Essayant de trouver des motifs de réconfort, elle essaie de se souvenir des paroles du médecin. Elle ne doit pas perdre espoir. Il y a beaucoup de traitements en phase expérimentale pour faciliter la régénération des cellules. On commence à envisager des greffes de moelle épinière.

Elle ne croit pas à tout cela.

Seule dans sa chambre, elle accuse le coup. À cet instant, elle désire surtout voir Marc. Elle veut qu'il lui dise que ce n'est qu'un mauvais rêve et qu'elle va se réveiller dans ses bras.

Son humeur oscille entre colère et désespoir. Elle voit déjà les gens s'apitoyer sur son sort et la regarder avec un regard compatissant : « Pauvre Isabelle, si jeune. Elle allait se marier, vous savez ! ». Non de cette pitié, elle n'en veut pas. Elle doit réagir. Elle va se battre avec Marc.

C'est justement ce moment-là que Marc choisit pour la rejoindre. Isabelle cherche à croiser son regard, mais celui-ci détourne les yeux.

Marc se sent dépassé. Il ne sait pas quoi lui dire, de peur d'ajouter à sa détresse. Il reste silencieux, alors que visiblement elle attend une parole de réconfort.

Elle finit par voir qu'il a pleuré. Ainsi, Marc, son roc, qui a toujours eu du mal à extérioriser ses sentiments, a fini par craquer.

Elle s'en trouve rassurée et flattée, mais se méprend sur son chagrin. Elle ne se rend pas compte qu'il s'est surtout apitoyé sur lui-même, en réalisant que leur couple ne sera plus jamais le même.

Les préparatifs de leur mariage paraissent déjà loin. Elle est consciente que la longueur prévisible de l'hospitalisation les aurait forcément obligés à le différer, mais elle n'est pas dupe. Leur relation va devoir évoluer et s'adapter à son handicap. Leur union ne pourra à nouveau être envisagée qu'à cette condition.

Comme Marc ne se décide pas à parler, Isabelle rompt le silence la première :

- Tu ne m'embrasses pas ?

- Si, bien sûr ! Comment te sens-tu ?

- Comme on peut se sentir, quand on est immobilisée dans un lit avec une sonde !

- Tu as mal quelque part ?

- Non, avec le traitement je ne souffre pas, mais j'ai l'impression que mon corps s'arrête à ma taille. C'est angoissant, comme sensation.

Marc refuse toujours de croiser le regard d'Isabelle. C'est maintenant son attitude à lui qui l'inquiète. Elle se demande si leur relation, sournoisement, n'a pas déjà commencé à évoluer. Si vite, ce n'est pas possible. Hier encore, ils se murmuraient des mots doux sur l'oreiller. Troublée, elle essaie de se concentrer sur ce qu'il lui dit, en essayant d'y trouver des preuves d'amour.

- Ton père est au courant et il tente de contacter ta mère. De mon côté, j'ai prévenu mes parents, qui pensent très fort à toi. Tu te rappelles comment c'est arrivé ? lui demande-t-il, soucieux de ne pas laisser à nouveau le silence s'installer.

Le ton de Marc ne manque pas de surprendre Isabelle. Elle n'y trouve pas la sincérité et la tendresse qu'elle aurait attendues de son conjoint. Elle n'arrive pas à se défaire de la désagréable impression de converser avec un inconnu. Perturbée, elle entreprend cependant de lui raconter le peu dont elle se souvient :

- Je ne me rappelle pas grand-chose. Je marchais et l'orage allait éclater. Quand j'y pense, j'ai eu l'impression d'être suivie, dès l'instant où j'ai quitté le salon d'essayage. J'aurais dû être davantage sur mes gardes et écouter mon intuition, mais on ne peut pas revenir en arrière. À ce moment-là, je devais être presque arrivée à ma voiture. Tout est allé très vite. Quelqu'un s'est précipité sur moi. Je n'ai pas trop compris ce qu'il voulait. J'ai été surprise. J'ai fait un pas en arrière et je suis tombée. J'ai eu le temps de voir des mains et un tee-shirt, rouge ou marron, je ne sais plus, et puis plus rien. Je suppose que je me suis évanouie tout de suite après.

Le polo orange de Bertrand est devenu un tee-shirt d'une couleur indéfinissable dans l'esprit d'Isabelle, et ce simple détail va avoir des conséquences inattendues.

*

- Oui, c'est lui, pas de doute possible.

- Vous en êtes sûre, madame Rossignol ! C'est bien ce monsieur, lui demande, pour la deuxième fois, l'inspecteur Michel Delattre.

- Puisque je vous dis que c'est lui que j'ai vu devant ma fenêtre. Je ne suis pas folle !

- D'accord, je vous crois. Bon, Philippe, note que Mme Rossignol a catégoriquement identifié M. Godot comme étant l'individu qu'elle a vu, près du lieu de l'agression présumée d'Isabelle Pelissier.

Juste avant, Gisèle avait commencé par isoler sur son ordinateur les individus mâles, âgés de vingt-cinq à trente-cinq ans. Il en était ressorti une liste d'une centaine de noms. C'est dans cette sélection que Germaine Rossignol, avec une certaine fierté, avait reconnu Fred Godot.

- Pouvez-vous, madame Legrand, me parler de M. Godot, interroge Michel en se tournant vers Gisèle.

- Oh, je le connais seulement un peu. Il vient environ deux fois par mois à la bibliothèque, et c'est quelqu'un de très gentil. Il arrive souvent que sa fille l'accompagne. C'est un bout de chou adorable. Écoutez ! Pour être franche, j'ai du mal à croire qu'il puisse être impliqué dans une agression sexuelle. Il n'a pas le profil d'un pervers.

- Pour le moment, il n'est impliqué dans rien du tout, nous désirons simplement l'auditionner dans le cadre de l'enquête. En général, quel type de livres emprunte-t-il ? poursuit Michel. J'ai besoin d'essayer de cerner sa personnalité.

- Je ne pense pas que les livres qu'il emprunte pour sa fille vous intéresseront. A priori, un agresseur, même présumé, ne lit pas *Petit Ours Brun*.

- Non, en effet, répond Michel, un peu énervé par la pointe de sarcasme qu'il perçoit dans les propos de la vieille dame.

- Il n'emprunte pas un genre de livre en particulier. Roman, policier, thriller… Son choix est large, d'autant que je crois qu'il en emprunte également pour son épouse. Si vous voulez, je peux vous imprimer la liste des derniers livres qu'il a pris ?

- S'il vous plaît ! Ça pourra toujours nous être utile.

- En tout cas, pour moi, il avait quelque chose à se reprocher, déclare Germaine sûre d'elle, essayant à nouveau de focaliser l'attention.

L'inspecteur Delattre décide de couper court. Ils ont obtenu ce qu'ils voulaient. Il est devenu inutile de s'attarder. S'ils laissent la vieille dame répéter à nouveau ce qu'elle a vu, ils risquent d'y passer l'après-midi.

- Bon, madame Rossignol, nous allons vous ramener à votre domicile, mais avant, nous aurions besoin de passer avec vous au commissariat pour finaliser votre déposition. Nous convoquerons ensuite ce monsieur pour l'interroger. Merci beaucoup pour votre précieuse collaboration, madame Legrand !

- De rien, capitaine, voilà la liste ! Et surtout n'hésitez pas, si vous avez besoin d'un autre renseignement, ou si vous voulez simplement un conseil pour choisir un livre. Si ça

56

vous intéresse, nous avons même un rayonnage réservé à la littérature érotique.

Gisèle n'en revient pas d'avoir dit cela. Aussitôt, elle se sent rougir et raccompagne rapidement les policiers et son amie à l'entrée.

Restée seule, elle se remet doucement de sa confrontation avec le bel officier. Elle se remémore la certitude de Germaine lors de l'identification et sent un doute s'immiscer dans son esprit. Et si Germaine disait vrai ? Se pourrait-il que la culpabilité de Fred Godot soit envisageable ? Et pourquoi pas, après tout ! On aurait bien donné le bon Dieu sans confession à des personnes qui se sont révélées ensuite des crapules de la pire espèce.

Gisèle sent que son opinion, vis-à-vis de Fred Godot, est en train d'évoluer. Mais si c'est réellement lui, elle va devoir à l'avenir être plus méfiante, car à qui se fier, si des gens comme lui se mettent à agresser des jeunes femmes !

*

Les deux policiers viennent de reconduire Germaine Rossignol chez elle, quand ils sont contactés par l'hôpital. Isabelle Pelissier est en état d'être entendue.

Immédiatement, ils se mettent en route. Durant le trajet, le brigadier Petit ne peut résister à l'envie de taquiner son supérieur :

- Dis Michel, c'est une impression ou tu as tapé dans l'œil de cette brave Gisèle Legrand ? J'ai même eu l'impression qu'elle te proposait un cinq-à-sept !

- Tu n'es qu'un jaloux, mais si tu veux, je peux t'arranger un rancard avec son amie, notre détective amateur, lui répond Michel amusé.

- Non, sans façon. Au fait, qu'est-ce qu'on décide ? Tu ne crois pas qu'on devrait essayer de convoquer Fred Godot au commissariat pour l'interroger dans la soirée, une fois revenus de l'hôpital ?

L'inspecteur acquiesce. Le timing proposé par le brigadier Petit l'arrange. Il a besoin d'entendre également la version de la victime pour apprécier la fiabilité du témoignage de Germaine Rossignol. Cette dernière en fait décidément un peu trop.

De son côté, le père d'Isabelle, le premier adjoint Pelissier, n'est pas resté inactif. Il a pris contact avec le commissaire, lui laissant entendre qu'il attendait d'un homme comme lui des résultats rapides.

Aussi, Michel Delattre a déjà la pression. Il n'a pas le choix. Son enquête doit aboutir rapidement.

*

Fred est sur le point de terminer sa journée. Il est un peu plus de dix-sept heures. Les bureaux sont quasi déserts.

Il est satisfait de lui. Il a comblé son retard avec l'aide de Nadia. Il pourra attaquer les déclarations sociales dès demain. Autre motif de satisfaction, il n'aura pas à récupérer sa fille ce soir. Sa femme s'en est chargée. Il ne faut pourtant pas qu'il traîne. La visite à la belle-mère ne pourra pas être différée une nouvelle fois.

Il songe à appeler Élodie. Il est décidé à rompre, mais ne sait pas encore comment s'y prendre. Il veut éviter d'entrer ouvertement en conflit avec elle. Les conséquences pourraient être désastreuses pour son couple. Élodie a déjà eu l'occasion de rencontrer Nathalie, avant qu'ils ne démarrent leur relation. Elle la connaît donc et peut décider de révéler leur liaison à sa femme, par pur esprit de vengeance.

Nathalie lui fait confiance. Il sait trop ce qu'elle ressentirait en l'apprenant. Il y a fort à parier qu'elle ne passerait pas l'éponge aussi facilement.

Quand le téléphone retentit, il se demande qui peut l'appeler à cette heure tardive et hésite à prendre la communication. C'est un appel extérieur. D'un numéro qui ne lui dit rien. Poussé par la curiosité, il décroche le combiné.

- Monsieur Godot ?

- Oui, lui-même.

- Commissariat central de Roubaix, nous avons eu votre femme au téléphone qui nous a communiqué les coordonnées de votre travail. Pourriez-vous passer chez nous dès ce soir.

- Ecoutez, ce soir ça ne m'arrange pas ! Est-ce que ça ne peut pas attendre demain ? J'ai déjà un autre engagement.

- Je ne crois pas. J'ai eu des instructions claires et on m'a bien spécifié ce soir !

- Bon, je vais me débrouiller. Vous ne savez pas pour quelle raison ? questionne Fred, se souvenant qu'il a été flashé deux jours auparavant.

- Je n'en ai aucune idée, on m'a simplement demandé de vous contacter. C'est sans doute pour les besoins d'une enquête. Pourriez-vous être chez nous vers dix-huit heures ?

- Oui, j'y serai. Vous ne pouvez vraiment pas m'en dire plus ?

- On vous renseignera sur place. Le commissariat se situe boulevard de Belfort. Demandez l'inspecteur Michel Delattre.

Fred note l'adresse pour la forme, ainsi que le nom de l'inspecteur et raccroche. Il connaît le commissariat de vue. Il lui arrive régulièrement de passer devant avec sa voiture.

Il s'interroge encore sur ce que la police peut bien lui vouloir, quand il quitte l'entreprise. Il se remémore les paroles du policier : « Sans doute pour les besoins d'une enquête ». Il n'ose imaginer ce que sa femme a dû penser quand le policier l'a contactée.

Eh bien manifestement, la visite chez belle-maman ne sera pas encore pour aujourd'hui !

7

Fred est interrogé dans un bureau, au premier étage du commissariat. Il a appelé sa femme pour la prévenir de son retard forcé. Elle n'a eu aucune difficulté à le croire. Un policier qui cherche à joindre son mari, cela n'arrive pas tous les jours et elle s'est doutée que ce n'était pas pour le féliciter ou lui remettre une médaille.

Il voit depuis les minutes défiler.

Les policiers en face de lui, pour la deuxième fois, lui demandent de confirmer ce qu'il a fait ce lundi, en fin d'après-midi. Ils estiment peu convaincantes les explications de sa présence dans la rue Lefebvre, où a eu lieu l'agression. Fred est bien en peine de leur répondre. Il est difficile de leur avouer que sa maîtresse habite à deux pas.

Il s'est à peine étonné que les policiers aient su qu'il avait emprunté cette rue, justement ce soir-là. Il leur a servi la version donnée la veille à sa femme : le cinéma et le dernier verre avec Patrick. Et non désolé, il n'a pas conservé le ticket d'entrée. Il a ensuite atterri par hasard dans la rue, en cherchant sa voiture. Non, il n'a rien vu de suspect. Il était surtout pressé de regagner son véhicule, à cause de la pluie. Et puis, son retard pour récupérer sa fille à la crèche ne l'incitait pas à musarder.

Il n'a même pas pensé à leur dire qu'il avait une autre raison de se dépêcher. La visite prévue chez la belle-mère. C'était peut-être une erreur d'ailleurs. À y réfléchir, cela lui aurait sans doute permis d'obtenir un peu de compassion de leur part !

Fred a menti par deux fois sans penser que ça aurait des conséquences. Les policiers lui ont parlé d'une jeune femme agressée, sans néanmoins entrer dans les détails. C'est triste pour elle, mais il n'y peut rien. Il n'a rien à se reprocher et sa vie privée ne les regarde pas. Ces deux policiers n'ont-ils rien d'autre à faire qu'à vérifier l'emploi du temps d'un témoin potentiel dans une banale affaire d'agression ? Et cette lubie de lui demander comment il était vêtu hier, ils ne veulent pas connaître aussi la couleur de son slip, pendant qu'on y est !

Fred est tellement certain de son innocence qu'il ne s'aperçoit pas que de témoin, il se dirige doucement vers l'état de suspect. L'inspecteur a noté consciencieusement le nom du film et les coordonnées de son ami. Fred patiente maintenant seul dans la pièce, ne doutant pas un seul instant de pouvoir bientôt rejoindre sa femme et sa fille.

En quittant le bureau où il a interrogé Fred Godot, Michel Delattre est circonspect. Manifestement, ce type ment. Il a quelque chose à cacher. Son regard fuyant en est la preuve, tout comme une certaine agressivité dans ses réponses.

L'entrevue avec Isabelle Pelissier lui a simplement confirmé qu'elle n'était pas tombée toute seule. Cependant, la description qu'elle a donnée de son agresseur est restée assez floue. Elle a conservé un vague souvenir du vêtement qu'il portait. Mais à part cela, pas grand-chose d'autre à se mettre sous la dent. Tout est allé très vite, et elle l'a seulement aperçu une poignée de secondes, avant de perdre connaissance.

L'alibi de Fred ne tient pas longtemps et, pour une fois, la chance lui fait défaut.

D'abord, le cinéma, où il était censé visionner un défilé de morts-vivants, a décidé de déprogrammer le film dès le dimanche soir, faute de spectateurs. Il n'a donc pas pu voir la séance le lundi, comme il l'a prétendu.

Ensuite, quand le policier tente de joindre Patrick sur son portable, sa femme répond à la place de son mari, en train de prendre une douche. Pas au courant de l'arrangement entre les deux hommes, elle déclare spontanément que, ce soir-là, son époux est rentré plus tôt que d'habitude à cause de l'orage. Et, pour le malheur de Fred, bien avant l'heure de leur prétendue rencontre. Fred a d'ailleurs fait preuve d'une confiance excessive, en incluant Patrick dans son alibi. Ce dernier ne l'aurait pas couvert de toute façon. Il y a une différence entre fournir une excuse à un pote et mentir à un policier.

Et enfin, il y a le tee-shirt rouge mentionné par Germaine Rossignol. La victime a été moins catégorique sur la couleur, mais elle a également évoqué un tee-shirt, qui aurait pu être rouge. Coïncidence, c'est le vêtement que le suspect a admis avoir porté le soir de l'agression.

Cela fait beaucoup pour l'inspecteur Delattre. Il a maintenant la confirmation qu'il espérait : Fred Godot a menti.

Il prend alors la décision qui s'impose à lui. Un placement en garde à vue. Pour vingt-quatre heures. Une nuit au commissariat portera conseil au suspect et le fera réfléchir. Placé face à ses contradictions, ce serait bien le diable qu'il ne finisse par dire la vérité.

L'inspecteur est soulagé. Finalement, l'enquête se révèle plus facile que prévu. Michel Delattre voit désormais en Fred Godot le coupable potentiel. Il ne lui reste plus qu'à obtenir des aveux. En plus, si la victime réussit à l'identifier en rassemblant ses souvenirs, il aura la possibilité de classer l'affaire, qui plus est, en fournissant à ses supérieurs la preuve de son efficacité.

Et avec un peu de chance, cela pourrait être le cas dès demain !

*

Nathalie reçoit un deuxième appel de son mari. Sonnée, elle doit s'asseoir pour encaisser l'information qui lui parvient : Fred est placé en garde à vue et passera la nuit au poste.

Son conjoint demeure évasif, mais sa voix trahit son anxiété. Elle la comprend. La perspective d'une garde à vue en effrayerait plus d'un. Tout au plus, apprend-elle à travers les quelques mots qu'ils échangent, qu'il est soupçonné d'avoir agressé une jeune femme, la veille en fin de journée.

À la fin de la communication, elle songe immédiatement à se précipiter au commissariat, mais elle hésite. À quoi cela servirait-il, d'autant qu'elle doute qu'ils l'autorisent à le voir ? Non, sa fille a besoin d'elle à la maison. Elle doit être forte et espérer le retour rapide de son mari.

Il lui faut pourtant quelques minutes pour se ressaisir et accepter la situation. Très vite, le choc de la nouvelle cède le pas aux interrogations qui ne manquent pas de se bousculer dans sa tête.

Elle n'en revient toujours pas. Pas Fred, songe-t-elle, ce n'est pas possible !

Elle est persuadée de connaître son mari. Ce n'est pas un violent. Parfois, elle aimerait qu'il lui tienne tête, au lieu de toujours abonder dans son sens. Alors son Fred, agresser une femme… C'est tout simplement impensable.

Comment les policiers ont-ils pu être amenés à le soupçonner ? Elle se doute, quand même, qu'on ne prive pas une personne de sa liberté pour le plaisir. Il faut des motifs sérieux pour cela. Nathalie commence à se poser des questions. Quelque chose n'est pas clair dans les motifs du placement en garde à vue de son mari.

Elle se rappelle soudain le retard inexpliqué de Fred, la veille, et ses explications alambiquées. Que Fred soit innocent, elle en demeure persuadée. Il y a malgré tout un flou dans son emploi du temps de fin d'après-midi, qu'elle se doit d'éclaircir. Il a justifié son retard d'hier par un pot avec Patrick. Il faut absolument qu'elle en ait la confirmation.

Elle prend alors son portable et compose avec un pressentiment le numéro de ce dernier. Au dernier moment, elle se ravise. Elle connaît Sabine, la femme de Patrick. Elle va plutôt l'appeler directement ! À tort ou à raison, elle se méfie de la solidarité masculine.

*

Le coup est rude pour Fred. Quand l'inspecteur lui fait part de sa décision de le placer en garde à vue, il a le sentiment de ne pas comprendre ce qui lui arrive. Lui, soupçonné d'une tentative d'agression sexuelle sur une femme qu'il n'a a priori jamais vue, c'est tout simplement ridicule !

Il entend à peine l'énoncé de ses droits et ne réagit pas quand on lui propose l'assistance d'un avocat. Après tout, pourquoi en aurait-il besoin d'un ? Il n'a rien fait, sauf tromper sa femme, ce qui, à ce qu'il sache, n'est quand même pas devenu un crime !

Dans un état second, il utilise simplement la possibilité qu'on lui offre de prévenir un proche et contacte son épouse. Il tente de donner le change à Nathalie, en demeurant évasif, mais il est convaincu qu'elle n'est pas dupe. Elle a bien compris qu'il est sur le point de craquer.

Tout s'enchaîne ensuite comme dans un mauvais rêve. Il remet à un policier son portable, ses papiers et sa ceinture.

Se succèdent ensuite, la prise d'une photo, le relevé des empreintes et la signature d'un registre. Jusqu'à la porte d'une cellule, qui s'ouvre et se referme sur un Fred Godot complètement décontenancé.

La garde à vue vient officiellement de commencer pour lui. Il est dix-neuf heures trente. Une porte vitrée est désormais son seul contact avec le monde extérieur.

L'horizon de Fred se limite, pour quelques heures, à une cellule individuelle d'une dizaine de mètres carrés, située au sous-sol. Il ne lui faut qu'une dizaine de secondes pour faire l'inventaire du lieu où il se trouve.

Il remarque d'abord la couleur des murs, un gris indéfinissable couvert de graffitis, mais surtout, il sent les odeurs provenant des toilettes à la turque situées dans chaque cellule. Des odeurs qui prennent à la gorge et laissent à la limite de la nausée.

Le mobilier est spartiate. Un bat-flanc en béton et un matelas en mousse, complétés par une couverture d'une propreté douteuse, font office de lit. Pourtant, ce n'est pas le confort rudimentaire qui s'avère le plus gênant pour espérer dormir. C'est plutôt le bruit. Un grondement continu généré par un dispositif de renouvellement d'air, rendu indispensable par l'absence de fenêtres donnant sur l'extérieur. Un son assourdissant, qui met rapidement les nerfs à rude épreuve.

Vers vingt heures trente, un repas du soir sommaire lui est servi dans une barquette en aluminium avec un verre d'eau : de prime abord, ce qu'il est convenu d'appeler un bœuf-carotte. Heureusement qu'il a de bonnes dents. Il en arrive presque à regretter la cuisine de sa belle-mère.

Maintenu en état de stress, Fred n'arrive pas à fermer l'œil de la nuit. Il appréhende la journée qui s'annonce. Il songe à sa femme, et surtout à sa fille, qui doit se demander où est son papa. Il mesure à cet instant l'ampleur du gâchis !

Le matin, épuisé et courbaturé par un couchage trop dur, il avale, avec l'éternel verre d'eau, les deux biscuits faisant office de petit déjeuner. Il est vite ramené à la réalité et oublie son rêve d'un café bien fort qui l'aiderait à dissiper sa nuit blanche. Il entend une clé qui tourne dans la serrure. Un policier le sort de sa cellule.

Fred maintient sa version des faits jusqu'à l'absurde. Même placé devant ses contradictions, il refuse catégoriquement d'avouer sa liaison, persuadé que la révélation de son infidélité mettrait automatiquement sa femme au courant.

- Mais enfin, d'où vous veniez, vous êtes forcément passé devant cette femme. C'est impossible que vous ne l'ayez pas remarquée, sans connaissance sur le trottoir ! insiste le policier.

Et si, c'est possible, quand Fred est absorbé par ses pensées, le monde entier peut s'écrouler autour de lui sans qu'il ne s'en aperçoive.

Sûr de son innocence, il confirme son refus de l'assistance d'un avocat. Même l'énoncé des faits reprochés - atteinte à l'intégrité physique d'une personne susceptible d'entraîner une infirmité permanente - a peu d'effet sur lui. Il est sincèrement désolé pour la jeune femme, mais que peut-il y faire ? Il n'a rien à voir avec cet incident. On ne peut quand même pas lui reprocher de s'être trouvé au mauvais endroit, au mauvais moment.

L'inspecteur Delattre commence à s'impatienter. Quelle tête de mule ! Ce Fred Godot ne se rend donc pas compte qu'il s'enfonce. Mais ce qui embête le plus Michel Delattre, c'est que l'heure avance et qu'il n'a toujours pas d'aveux.

Fred est ramené à sa cellule.

Peu de temps après, un repas chaud, identique à celui de la veille, lui est servi. Dans la cellule à côté de la sienne, un détenu sanglote et il n'est pas loin d'en faire autant.

Il pense à nouveau à sa femme et à sa fille et se demande comment Nathalie a justifié son absence auprès de Mélanie.

La situation, aussi traumatisante soit-elle, lui fait prendre conscience d'une réalité qu'il a trop souvent ignorée. Sa famille lui manque et il la néglige, depuis trop longtemps. Il est désormais au pied du mur. Il lui faut remettre de l'ordre dans sa vie et Élodie, sa maîtresse, sera la première à en faire les frais.

Fred ne sait pas encore, à cet instant, que tout ne sera pas si simple !

*

Gisèle Legrand, la bibliothécaire, a pris l'habitude de consacrer une partie de ses nuits à surfer sur le Net. Son mari l'ignore, mais comme il a le sommeil lourd, elle doute qu'il l'apprenne un jour. Adepte des réseaux sociaux malgré son âge, elle aime échanger ses impressions de la journée avec des internautes, et ce soir-là, l'implication possible de Fred Godot dans une agression sexuelle monopolise toute son attention.

L'assurance de Germaine l'a convaincue. Elle a fini par se persuader que le gentil monsieur, qui vient chaque semaine à la bibliothèque, n'est peut-être pas si irréprochable qu'il en a l'air. En plus, venir avec sa petite fille pour se donner un air respectable est tout simplement honteux. Elle ne peut pas laisser passer une telle information sans réagir.

Alors qu'auparavant une rumeur aurait mis des semaines à se répandre, par la magie de Twitter, il ne faut aujourd'hui guère plus de quelques secondes pour qu'un maximum de gens soit au courant. Comme Gisèle n'a pas obtenu beaucoup de détails de la part des policiers, elle a largement développé et enrichit elle-même l'information. De suspect, Fred Godot est naturellement devenu coupable, et il est maintenant accusé, non plus d'une, mais d'une série d'agressions sordides de jeunes femmes, commises à Roubaix et dans sa périphérie.

Nadia, l'aide-comptable de la société EPS, tombe sur la nouvelle en train de se propager sur Twitter et n'en revient pas. Ses collègues de travail tomberont des nues en apprenant comment le discret Fred Godot occupe son temps libre. C'est une certitude. Elle ne peut pas garder cela pour elle, c'est trop gros !

8

Après une nuit et une matinée en garde en vue, Fred Godot n'en mène pas large. Épuisé et à bout de nerfs, il finit par comprendre qu'il risque gros à s'entêter sur un emploi du temps qui ne tient pas la route. Il sent que les policiers savent qu'il ne dit pas la vérité. Alors, il avoue. Oui, il a menti. Il a une maîtresse, et c'est en sortant de chez elle qu'il s'est retrouvé par hasard dans la rue où a eu lieu l'agression. Mais il est innocent et n'a jamais vu la victime. La photo de la jeune femme, qu'on lui a montrée à plusieurs reprises, ne lui dit rien.

L'inspecteur Michel Delattre est en plein doute. L'hypothèse de l'amante que le suspect ne veut pas mentionner peut expliquer les mensonges. Sa femme n'est pas au courant. Il ne veut pas qu'elle l'apprenne. C'est compréhensible et c'est une possibilité à vérifier. En dehors de cela, l'accusation est bien mince. Germaine Rossignol fait un témoin fragile. N'importe quel avocat se fera un plaisir de la renvoyer à ses rêves de notoriété.

Le tee-shirt rouge mentionné par Germaine, et plus ou moins confirmé par la victime, ne suffit pas non plus à justifier la prolongation de la garde à vue et encore moins le déferrement au parquet. Le juge d'instruction ne suivra pas. La persistance du suspect à nier les faits commence sérieusement à ébranler les convictions du policier.

Dans la matinée, le commissaire a une nouvelle fois insisté sur la nécessité d'une issue rapide. Mais le temps passe. L'inspecteur n'a plus que quelques heures avant la fin de la garde à vue. À ce stade, il n'a pas d'autres solutions que de retourner à l'hôpital pour interroger à nouveau Isabelle Pelissier. Peut-être qu'après une bonne nuit de sommeil, elle aura les idées plus claires et qu'un détail lui reviendra ? Couleur des yeux ou des cheveux, signe distinctif, il ne sait pas, mais cela vaut la peine d'essayer.

Il faudra aussi qu'il vérifie l'alibi de la liaison extraconjugale. Quand il pense à quel point il a poussé le suspect dans ses retranchements pour obtenir cet aveu ! Il n'est pas loin de penser que cette hypothèse pourrait être confirmée et qu'elle expliquerait bien des choses dans l'attitude de Fred Godot.

D'autant que si son innocence était démontrée, cela signifierait reprendre l'enquête depuis le début et trouver un autre coupable !

*

Nathalie a eu l'information la veille mais la douleur est toujours aussi vive. Elle n'a cessé de se retourner dans son lit durant toute la nuit en se souvenant des paroles de Sabine, la femme de Patrick.

Ainsi Fred lui a menti. Elle lui a toujours aveuglément fait confiance, et pourtant cela ne l'a pas empêché de la trahir, en lui servant l'excuse la plus éculée qui soit. Le copain de beuverie. Elle l'aurait cru plus imaginatif. Et le pire, c'est qu'elle a été assez bête pour le croire. Il a dû penser qu'elle ne perdrait pas de temps à vérifier, d'autant plus auprès de la femme de son meilleur ami. Mais que peut-il bien avoir à lui cacher pour utiliser une excuse aussi bidon ?

Toutes ses certitudes sont ébranlées. Elle en arrive à se demander si elle connaît vraiment son mari, même si elle a encore du mal à envisager qu'il puisse avoir une double vie. Mais alors pourquoi ce mensonge ?

Nathalie a prévenu son travail qu'elle était souffrante et elle erre chez elle depuis comme une âme en peine. Elle a préféré mettre Mélanie à la crèche pour la journée. Elle veut être seule pour réfléchir.

Qu'est-ce qui a bien pu pousser son homme à lui mentir ? Nathalie essaie de se rappeler quelque chose qui aurait pu lui mettre la puce à l'oreille, mais elle ne voit pas, à part peut-être une certaine routine qui s'est installée dans leur couple. Sa fatigue chronique, le soir, n'arrange rien. Peut-être devrait-elle tenter de le surprendre ? Après tout, un peu de piment dans leur vie sexuelle ne serait pas pour lui déplaire.

Elle se ressaisit brutalement.

- Mais tu t'entends, ma vieille, c'est lui qui te raconte des histoires et c'est toi qui culpabilises, ne peut-elle se retenir de penser tout haut.

Elle regarde son téléphone pour la dixième fois de la journée. Rien. Elle espère un appel de Fred qui ne vient pas. Pour une fois, il a une véritable excuse. Elle se doute bien qu'on ne lui a pas laissé conserver son portable pendant sa garde à vue.

Peut-être a-t-il vraiment quelque chose à se reprocher ? Cela pourrait expliquer son comportement. Elle se demande si elle ne préférerait pas qu'il la trompe, plutôt que de le savoir coupable de l'agression d'une femme. Il faut qu'elle en parle avec lui. Il doit y avoir une raison toute bête à son mensonge. Et cette garde à vue qui n'en finit pas !

*

Ce n'est seulement que le début de l'après-midi, mais la nouvelle que Nadia a découverte sur les réseaux sociaux a quasiment fait le tour des bureaux. Elle a depuis abondamment été commentée, déformée et amplifiée. Le moins que l'on puisse dire est que l'absence de Fred Godot à son poste de travail ne passe pas inaperçue.

« Comment a-t-il pu ? » est la question qui revient le plus souvent. « Fred Godot de la comptabilité qui a toujours l'air d'être ailleurs ? Il cache bien son jeu celui-là ! C'est pourtant quelqu'un qui avait l'air sympa. C'est bien la preuve qu'on ne peut plus se fier à personne ! » Et chacun y va de son commentaire devant une machine à café qui n'a jamais si bien fonctionné.

Marcel, un des informaticiens, évoque la bipolarité. Sylvie, la standardiste, trouve maintenant qu'il a une drôle de façon de regarder les femmes, alors finalement, ce qui arrive ne l'étonne pas tant que ça. Même Malika, l'assistante des ressources humaines, qui le considérait auparavant comme quelqu'un de plutôt attirant, en arrive à s'interroger sur lui.

Pour le malheur de Fred, EPS, comme toutes les sociétés de service à la personne, emploie une majorité de femmes dont les réactions sont exacerbées dès qu'il s'agit de l'atteinte à l'intégrité physique d'une des leurs. Le recul indispensable, que toutes révélations propagées sur Twitter auraient dû nécessiter, n'est pas pris. L'information est reprise à la lettre, sans à aucun moment être remise en cause, et Fred finit par être condamné avant même d'avoir été jugé.

Avant la fin de la journée, toute la société est au courant et scandalisée, comme il se doit, par le comportement inqualifiable du « comptable pervers », ainsi qu'on l'appelle déjà avec une certaine répulsion.

Le code moral érigé par monsieur Bertignac, le directeur de la société, fait alors le reste et se retourne rapidement contre monsieur Godot.

Car à cet instant, plus personne ne se risque déjà plus à l'appeler par son prénom.

*

Michel Delattre a dû attendre le milieu de ce mercredi après-midi pour interroger à nouveau Isabelle Pelissier.

Auparavant, il a eu la confirmation de l'emploi du temps de Fred Godot. Celui-ci a bien passé une partie de la journée de lundi chez sa maîtresse. Il l'a quittée peu avant dix-huit heures. Elle-même l'a certifié. L'information paraît donc difficile à contester.

Comble de malchance pour le jeune inspecteur, il se retrouve dans la chambre en même temps que le père de la victime, le redouté premier adjoint Pelissier.

Le brigadier Petit, qui l'accompagne, est contraint de rester à l'extérieur de la chambre. Pas plus de deux personnes au maximum par visite, a insisté l'infirmière.

Michel aurait bien aimé voir Isabelle sans son père, mais manifestement, ce dernier en a décidé autrement et demeure ostensiblement dans la pièce, où il se contente d'occuper l'espace. Entre ces deux-là, Michel ressent tout de suite une certaine distance et des difficultés évidentes à communiquer.

Il pose une première question, en essayant d'ignorer la présence du premier adjoint :

- Mademoiselle Pelissier, je suis désolé de devoir vous importuner encore, étant données les circonstances, mais j'ai vraiment besoin que vous soyez la plus précise possible. Réfléchissez bien avant de me répondre. Est-ce qu'un détail supplémentaire vous est revenu par rapport à la déclaration que vous m'aviez faite hier ? Quelque chose dans l'habillement de votre agresseur, un signe distinctif dans son aspect physique ?

- Pas grand-chose. Il faisait sombre. Il s'est approché de moi. J'ai surtout vu son polo orange.

- Orange ? Hier, vous ne m'aviez pas parlé d'un tee-shirt rouge ? réagit l'inspecteur, surpris par ce revirement inattendu.

- Ah, je vous ai dit ça. Non pas rouge, et c'était plutôt un polo, je m'en souviens parfaitement, car c'est la première chose que j'ai vue de lui. Un polo orange. Ce qui m'a marquée, c'est aussi qu'il avait l'air assez jeune. Limite ado.

- Vous lui donneriez quel âge ?

- Euh, c'est difficile à dire, mais je dirais une vingtaine d'années, tout au plus.

- Vous en êtes certaine ? insiste Michel.

- Mais enfin, ma fille sait quand même ce qu'elle a vu, intervient sèchement le père d'Isabelle. Vous ne seriez pas en train d'essayer de l'influencer, j'espère !

- Je vous rassure, monsieur Pelissier. Ce n'est, en aucun cas, mon intention.

Se tournant à nouveau vers Isabelle, l'inspecteur a de plus en plus conscience de la fragilité de la culpabilité de Fred Godot.

- Vous rappelez vous un trait particulier sur son visage, une tâche de naissance, un grain de beauté par exemple ?

- Non, rien de particulier, mais quand il a essayé de m'embrasser, j'ai senti qu'il avait bu.

- Bon, je vais vous montrer quelques photos d'individus, pouvez-vous m'indiquer, si vous reconnaissez parmi celles-ci la personne qui vous a agressée ?

Isabelle ne reconnaît aucun des visages que Michel fait défiler devant elle. Son père commence alors à montrer des signes d'impatience.

- Cet interrogatoire a assez duré. Ma fille est fatiguée. Je pense que vous devriez maintenant la laisser se reposer, et inutile de vous rappeler que j'attends de vous que vous mettiez rapidement la main sur ce salopard.

- Nous nous y employons, monsieur Pelissier. Nous faisons tout ce qui est en notre pouvoir pour l'identifier et l'appréhender. Je vais maintenant vous laisser tous les deux, en vous remerciant pour votre collaboration.

En prenant congé, Michel a conscience qu'il n'a maintenant plus aucun suspect. Les déclarations d'Isabelle innocentent complètement le trentenaire Fred Godot.

La couleur du polo et l'âge ne correspondent pas. Elle n'a pas davantage reconnu la photo de ce dernier qu'il a glissée parmi d'autres. En plus, elle n'a pas évoqué un grain de beauté sur la joue de son agresseur, un détail qu'on peut difficilement ignorer sur le visage de Fred Godot.

Michel va devoir reprendre l'enquête à zéro. C'est une course contre la montre qu'il s'apprête à engager. Plus le temps s'écoulera, plus il lui sera difficile de retrouver le vrai coupable.

Il n'a pas le choix. Il doit trouver un moyen pour relancer l'enquête. Une idée lui vient à l'esprit. Une piste ténue qui mérite d'être exploitée.

Avec un peu de chance, ce n'est pas la première agression commise par l'individu qu'il recherche. Il n'est donc pas impossible qu'une plainte, ou éventuellement le dépôt d'une main courante, existe.

L'espoir est mince, mais on ne sait jamais. Et puis au moins, il aura l'impression de faire quelque chose.

*

Quand Fred se retrouve à l'air libre, après avoir récupéré ses affaires, il éprouve du soulagement. Même percevoir à nouveau les parfums de la rue lui procure un sentiment de bien-être. Les odeurs et le bruit permanent dans la cellule lui ont mis les nerfs à rude épreuve. Il est d'abord désorienté, mais très vite, parvient à rassembler ses esprits pour rejoindre sa voiture.

Il va contacter Nathalie pour la rassurer. Comme il la connaît, elle doit se faire un sang d'encre. La difficulté sera de ne pas révéler son emploi du temps de la soirée de lundi. Il va donc falloir qu'il occulte les véritables raisons de sa garde à vue. Il n'a pas envie de la faire souffrir en lui avouant sa liaison.

En prenant son téléphone, il se rappelle brutalement le jeune homme qu'il a heurté en entrant dans la rue le soir de l'agression. Il a complètement oublié d'en parler à l'inspecteur. De toute évidence, un détail sans importance. Et à cet instant, Fred n'a de toute façon aucune envie de retourner au commissariat pour une dernière déclaration.

L'appel qu'il doit passer à Nathalie est désormais devenu prioritaire.

9

Nathalie attend Fred avec anxiété. Il vient de l'appeler et la première chose qu'elle a ressentie, c'est du soulagement. Pourtant, très vite, la colère a repris le dessus. Durant leur bref échange, elle est demeurée sur la réserve et s'est bornée à l'écouter la rassurer. Pour ce qu'elle a lui dire, elle veut le regarder dans les yeux et le mettre face à ses contradictions.

Quand elle entend la voiture arriver, elle sort sur le pas de la porte, sa fille agrippée à ses jambes. Il est déjà plus de dix-huit heures et elle veut désormais des explications. Elle n'en peut plus de combattre ses doutes et ce qu'elle pressent lui fait mal. Elle a eu la journée pour réfléchir. Sa confiance en son mari a déjà commencé à se lézarder.

Elle sait qu'elle devra prendre son mal en patience. Elle ne tient pas à mêler Mélanie à leur discussion d'adultes. Aussi, elle va devoir attendre que sa fille soit couchée, pour pouvoir clarifier la situation avec lui.

La petite sent que sa mère n'est pas comme d'habitude. Mélanie lui fait des grands sourires et entreprend de la rassurer, avec ses mots à elle :

- Tu es fâchée parce que Papa a pas dormi à la maison cette nuit. Tu vois, il est là maintenant !

- Oui, ma chérie, il est rentré. Il ne faut pas t'en faire pour ta maman. Ce sont des histoires de grandes personnes.

Ça va s'arranger. Papa n'a pas dormi à la maison parce qu'il était en voyage.

Nathalie s'en veut de mentir à sa fille, mais lui dire que son père a dormi en prison l'aurait perturbée. Elle a néanmoins la désagréable impression d'utiliser les mêmes armes que son mari.

Fred appréhende le retour chez lui. Il s'interroge toujours sur la méthode qu'il utilisera pour expliquer sa présence dans une rue où il n'aurait jamais dû se trouver, même en se perdant.

Quand il voit sa femme qui l'attend dehors avec Mélanie, même épuisé par une nuit blanche, il est suffisamment lucide pour ressentir l'état de tension dans lequel elle se trouve. Visiblement, quelque chose la préoccupe. Elle fuit ostensiblement son regard et son accueil est tout, sauf chaleureux, ce qui ne manque pas de le surprendre après l'épreuve qu'il vient de traverser. Il décide de ne rien dire pour le moment. Elle a appris quelque chose sur lui. Il en a la certitude. Reste à savoir de quoi il s'agit !

*

Bertrand est seul chez lui, ou plus précisément, seul dans l'habitation de ses parents, une petite maison ancienne en brique, que rien ne distingue des autres maisons de la rue. Ses vieux sont en vacances, depuis une semaine dans la

Somme, et il en profite. Il est affalé sur un canapé, les pieds sur la table basse du salon.

Après son exploit du lundi soir, il a passé la journée du lendemain à somnoler et à dessoûler, mais s'est bien gardé de consommer à nouveau de l'alcool.

Deux jours après, complètement dégrisé, il continue de repenser à la soirée de l'avant-veille et scrute avidement les réseaux sociaux, à la recherche d'un tweet ou d'un post qui mentionnerait un incident à Roubaix impliquant une femme.

Il ne met pas longtemps pour dénicher le message de Gisèle Legrand, déjà retweeté des dizaines de fois.

Bertrand est en même temps soulagé et contrarié. Soulagé, un décès n'est pas évoqué. Celle qu'il a laissée inanimée sur le trottoir n'est donc que blessée. Néanmoins contrarié, un imbécile est suspecté à sa place. Un crétin, dont il n'a jamais entendu parler, qui est présenté comme un prédateur coupable, non pas d'une, mais de plusieurs agressions !

Ce n'est pas tant qu'il éprouve des scrupules à ce que quelqu'un soit suspecté à sa place, mais il en ressent une certaine frustration. Il aurait aimé que des policiers essaient au moins de l'identifier, lui Bertrand, pour montrer à tous à quel point il est malin.

À la lecture du tweet, Bertrand est rempli d'un sentiment d'impunité. Rien ne le rattache à celle qu'il a tenté d'embrasser.

Il ne culpabilise pas particulièrement sur ce qu'il a fait. Dans son esprit, il est clair qu'il n'a pas voulu la chute de la jeune femme et qu'il ne peut être tenu responsable d'un événement imputable au hasard, même s'il en a été accidentellement l'élément déclencheur. Après tout, au départ il ne désirait que l'embrasser.

Bertrand ne mesure pas les conséquences de son acte. Il refuse d'affronter la réalité et ignore que la simple tentative d'extorquer un baiser à une inconnue relève de l'agression sexuelle.

Tout est toujours présent dans sa mémoire. Le regard effrayé de celle qu'il convoitait, la montée d'adrénaline quand elle est tombée, la course effrénée qui a suivi. En songeant à ce qui s'est passé, Bertrand comprend que quelque chose est en train de changer en lui. Pour la première fois, il a la sensation d'exister et il se rend compte combien il est facile d'inspirer la peur.

Fini, le Bertrand timoré que tout le monde méprise. Le Bertrand transparent que les filles rejettent. Il veut être quelqu'un dont on parle, et pas forcément en bien. Et surtout, il n'y a pas de raison pour que quelqu'un d'autre en tire le bénéfice !

*

- Alors, cette garde à vue ? Raconte-moi. Pas trop éprouvant ?

Nathalie n'a quasiment pas desserré les dents depuis que son mari est rentré, et maintenant que Mélanie est couchée, elle décide de passer à l'offensive face à un Fred qui ne sait toujours pas ce qu'elle lui reproche exactement.

- Raconte, insiste-t-elle, et profites-en aussi pour me dire pourquoi la police s'est intéressée à toi ? Je n'ai pas trop compris comment tu avais pu te retrouver suspect dans une histoire d'agression. Dans quelle rue, déjà ? Ah oui, la rue Lefebvre, si ma mémoire est bonne, et peu de temps après avoir bu un verre avec Patrick. Ton café préféré n'est pourtant pas dans le coin, à ce que je sache !

- Euh, justement, on a voulu changer !

- Menteur ! J'ai appelé Sabine. Elle a passé la soirée de lundi avec Patrick. Ton copain est rentré plus tôt, à cause de l'orage. Pas de chance pour toi, parce qu'il ne pouvait pas se trouver au même moment avec toi à boire une bière. Et le cinéma, c'était un mensonge aussi ? Fred, regarde-moi dans les yeux et dis-moi ce que tu as vraiment fait ! Regarde-moi et assume, pour une fois !

Fred essaie de soutenir le regard de sa femme, mais n'y parvient pas. Très vite, il détourne les yeux. La conversation ne prend pas la direction souhaitée, et Fred pressent déjà que la situation est en train de lui échapper.

Une demi-heure de tension, de cris et de pleurs. Fred se sent acculé. Il finit par avouer sa liaison à Nathalie. Une liaison qui dure depuis six mois. Curieusement, elle ne paraît pas surprise. Elle veut savoir.

- Ne me dis pas que je la connais, quand même ?

Et Fred de finir par avouer honteusement que c'est Élodie, la sœur de Céline, la meilleure amie de sa femme.

Chaque personne dispose d'un seuil de résistance plus ou moins élevé. Celui de Nathalie est désormais atteint. Quand elle apprend la trahison de son mari, elle réussit à conserver son calme et demande à Fred de faire sa valise. Elle n'élève pas la voix, mais à son ton glacial, celui-ci comprend qu'il est inutile d'essayer de la faire changer d'avis. Penaud, il fait ce qu'elle exige de lui, sans tenter de se justifier. Il jette pêle-mêle dans un sac quelques affaires et enfile son blouson, la gorge serrée.

La sensation qu'il est prématuré de songer à recoller les morceaux, à ce stade de leur dispute, et un terrible sentiment de culpabilité font qu'il quitte la maison sans dire un mot, avec cet air de chien battu qui exaspère tant sa femme.

Nathalie reste digne jusqu'au bout et se retient de claquer la porte. Mais aussitôt celle-ci refermée, elle laisse éclater les larmes qu'elle a réussi à refouler jusque-là. Submergée par l'émotion, elle se pelotonne alors dans son fauteuil préféré et laisse libre cours à ses pensées. Et à cet instant, elle ne songe déjà plus qu'à préserver la personne qui compte le plus pour elle, sa fille Mélanie.

*

La nuit est tombée. Isabelle, demeurée seule, sanglote dans son lit.

Marc est passé dans la soirée, mais est demeuré toujours aussi distant. Même ses gestes de tendresse ont sonné faux.

Alors que le matin même, elle pensait encore qu'il lui tiendrait compagnie une bonne partie de la journée. Il a réussi à s'absenter plusieurs heures l'après-midi, prétextant un rendez-vous professionnel, et elle a alors eu le sentiment désagréable qu'il la fuyait.

Marc est consultant dans un cabinet de recrutement. Difficile de croire qu'il n'aurait pas pu reporter un rendez-vous. Comme si un client ne pouvait pas comprendre qu'il veuille passer un peu de temps avec sa femme, en de pareilles circonstances !

Elle essaie d'envisager sa vie sans Marc, mais n'y arrive pas. Il pourrait faire un effort ! Après tout, c'est elle en premier lieu qui aura à supporter les contraintes de la perte de sa motricité, pas lui. L'attitude de son compagnon la déçoit. Elle a le sentiment qu'il est surtout préoccupé par la perte de son petit confort personnel, et ça lui fait mal.

Malgré le désespoir qui la mine, Isabelle essaie de se raccrocher à quelque chose. Revenir en arrière lui est impossible, mais elle peut se battre. Elle va surmonter cette épreuve, avec ou sans Marc ! Elle n'est, finalement, pas la première à se retrouver accidentellement handicapée.

Elle est déjà lucide et se rend compte que sa vie ne sera plus jamais comme avant. Elle a pris conscience qu'à la sortie de l'hôpital, elle ne pourrait pas réintégrer son logement, un petit appartement au deuxième étage d'un immeuble sans ascenseur. Avec un fauteuil roulant, il est désormais inutile d'y songer !

Et néanmoins elle l'aime, ce logement qu'elle a pris l'habitude d'appeler son havre de paix. Avec un talent certain pour la décoration, elle l'a transformé en un véritable petit nid d'amour. Un achat qu'elle a réalisé avec son homme, deux ans plus tôt. Une décision qui symbolisait alors leur désir de bâtir quelque chose de durable ensemble. Quelle ironie d'y penser, vu la manière dont leur couple est en train de se déliter !

Elle commence à percevoir tout ce qui va lui falloir aborder différemment : un escalier ou la bordure d'un trottoir, un objet à prendre sur une étagère un peu trop haute, une pente trop raide. Tous ces petits actes anodins qui faisaient auparavant partie de son quotidien. Elle réfléchit aussi aux sports qu'elle aimait pratiquer, le jogging, la randonnée. Avec amertume, elle repense aux ébats amoureux passionnés avec Marc et elle se demande alors à quel point elle pourra conserver une sexualité épanouie.

Elle s'imagine en fauteuil roulant et se rappelle qu'elle n'a que trente ans. Elle doit voir demain le psychologue qui va la suivre durant sa convalescence, et des tas de questions lui brûlent les lèvres. Mais surtout, elle éprouve le besoin vital d'avoir en face d'elle une personne attentive qui la comprenne et la rassure. Tout ce que n'est plus en mesure de faire son conjoint, en somme !

Autre sujet de préoccupation : son père n'a pas réussi à contacter Mathilde, sa mère, mais cela l'étonne à peine. Elle n'a jamais été là quand il le fallait ! Une explication à trouver dans un voyage avec son dernier amant en date, peut-être ? Elle réalise maintenant que sa mère n'a pas encore pris la peine de confirmer sa venue au mariage. Une union qui finalement n'aura pas lieu. Mathilde, cette éternelle absente, qu'elle aimerait pourtant tellement sentir près d'elle, à cet instant précis.

*

Fred a pris une chambre dans un hôtel à bas coût de Roubaix et zappe sans relâche sur les programmes de la nuit.

Entre la pratique de la pêche à la ligne et le documentaire sur la vie des pygmées au Congo, il n'arrive pas à réaliser que sa vie avec Nathalie est désormais inscrite en pointillé. Et Mélanie ? À cette seule évocation, son cœur se serre. Qu'est-ce que sa mère va bien pouvoir imaginer pour justifier son absence, demain et les jours suivants ?

Il songe à appeler Élodie pour lui expliquer les événements des derniers jours, mais rejette vite l'idée. Elle en profiterait, et la situation est déjà suffisamment compliquée.

Plusieurs fois, il essaie de joindre sa femme mais elle ne répond pas. Il lui laisse des messages enflammés sur sa boîte vocale, s'excusant, la suppliant de lui laisser une nouvelle chance, mais elle ne le rappelle pas.

En toute fin de nuit, Fred finit par s'endormir devant un concert de musique classique, ignorant encore que les heures qui s'annoncent ne l'épargneront pas davantage.

*

Marc n'a pas eu la force de passer une journée complète avec Isabelle. Il a prétexté une excuse bidon pour s'absenter une partie de l'après-midi, et l'esprit confus, a traîné en centre-ville. Il est persuadé qu'elle n'a pas été dupe de son trouble et des artifices qu'il a utilisés pour donner le change.

Ce qu'il ne peut révéler à Isabelle, c'est qu'il s'accroche au souvenir d'une femme totalement différente de celle qu'il voit sur le lit d'hôpital. La nouvelle vie qui l'attend avec sa compagne le terrifie, même s'il en a une perception encore floue. Il s'imagine en train de l'assister dans tous les gestes du quotidien. Elle qui était si indépendante !

Marc ne sait plus quoi penser. Pour tous leurs amis, ils forment un couple solide et personne ne les envisage l'un sans l'autre. Leur mariage aurait dû être une évidence. Et pourtant, chamboulé par un maelström d'émotions contradictoires, il en arrive à douter, pour la première fois, de la force de ses sentiments.

10

Fred s'est réveillé en nage sur le coup de huit heures. Sa courte nuit a été peuplée de cauchemars et il lui a fallu quelques secondes pour retrouver ses repères dans la chambre d'hôtel. Il a alors immédiatement tenté de joindre Nathalie. Sans succès. Encore et toujours la messagerie.

Il ignore encore ce qu'il fera la nuit prochaine, aussi préfère-t-il ne pas conserver la chambre. Il a toujours le secret espoir de pouvoir réintégrer sa maison.

C'est le cœur lourd, soucieux de ne pas laisser ses soucis personnels prendre le dessus, qu'il arrive chez EPS. Il a décidé de garder le silence sur sa garde à vue. Inutile de donner l'occasion de jaser sur son compte. Moins ses collègues en sauront, mieux ce sera. Il trouvera bien une excuse pour expliquer son absence, car dans la tension de la journée de la veille, il n'a pas songé à contacter son entreprise. Il sait qu'il est légèrement en retard, mais il se dit qu'il restera un peu plus tard ce soir pour compenser.

Quand il entre dans le bâtiment, il s'étonne de voir la standardiste tourner la tête quand il lui adresse un bonjour. Dans son service, Nadia ne desserre pas non plus les dents à son arrivée. Elle d'habitude si joviale. Cette indifférence le met rapidement mal à l'aise. La froideur qu'elle manifeste à son égard, n'est pas normale.

Il doit passer voir Malika, l'assistante des ressources humaines, pour justifier son absence. Il s'est déjà aperçu qu'il ne lui était pas indifférent. Du reste, il compte un peu sur elle pour lui remonter le moral.

Il n'a pas le temps d'atteindre le bureau de Malika, que Maurice Penot, le DRH, lui fait signe. Fred a habituellement peu de contact avec lui et ce soudain intérêt ne manque pas de le surprendre.

- Monsieur Godot, s'il vous plaît, entrez et fermez la porte. J'aimerais vous parler !

- Euh oui, bonjour monsieur Penot, comment allez-vous ?

- Bien, et vous ? Vous avez eu une journée difficile hier, à ce que j'ai cru comprendre ?

Fred est surpris par l'allusion à peine voilée. Est-ce que cela n'aurait pas un rapport avec l'attitude distante de Nadia ? Et si c'est le cas, qui a bien pu divulguer la nouvelle de sa garde à vue au sein de la société ? Le jeune homme n'a pas le temps de trouver des réponses aux questions qu'il se pose, que ce dernier enchaîne déjà.

- De vilaines rumeurs circulent à votre sujet depuis hier. Vous auriez été impliqué dans une affaire d'agression de jeunes femmes ?

- J'ai été entendu par la police, mais seulement au titre de témoin, et il s'agissait de l'agression d'une seule femme, pas de plusieurs. Aucune charge n'a d'ailleurs été retenue contre moi, se défend un Fred Godot perturbé par le ton accusateur de Maurice Penot.

- Oui, je n'en doute pas, pourtant je vais être franc avec vous. En l'espace d'une journée, vous êtes devenu quelqu'un de très impopulaire. J'ai de la sympathie pour vous. Tout le monde est très content de votre travail mais…

- Mais…, répète Fred, désireux de voir le DRH terminer lui-même sa phrase.

- Vous me comprenez, dans un contexte d'hostilité de la part de vos collègues, féminines en majorité, il serait difficile de…

- Vous voulez me virer ?

- Non, pas vous virer, bien sûr. On pourrait s'entendre sur un départ volontaire. Vous seriez dédommagé, bien évidemment. Et puis vous savez, cette entreprise est très attachée à l'éthique, et dans ces conditions, vous comprenez bien que…

Fred écoute sans broncher le laïus sur les valeurs morales d'EPS. Il n'en revient pas. Non seulement, sa femme est en train de le quitter, et en plus, il s'apprête à perdre son travail.

La scène est surréaliste. Ainsi, au xxie siècle, on peut encore être licencié pour une rumeur. Bien entendu, il a parfaitement compris qu'on ne le virait pas officiellement, mais c'est tout comme. Fred est sonné. Il n'a rien vu venir. Les dernières paroles de Maurice Penot lui restent particulièrement en travers de la gorge :

- Prenez des congés, le temps que ça se tasse et qu'on puisse organiser votre départ ! Vous pouvez rentrer chez vous, dès maintenant, retrouver votre petite famille. Je suis vraiment désolé pour ce qui vous arrive, néanmoins avec votre parcours professionnel, je vous assure que vous n'aurez aucune difficulté à retrouver un emploi. J'en suis même certain. Bien évidemment, vous pourrez compter sur moi pour vous aider dans vos démarches. Et surtout, si vous avez besoin d'une recommandation, n'hésitez pas à me solliciter !

Le culot du DRH l'a laissé sans voix. Comme si on lui laissait le choix ! Il a envie de répondre que, depuis hier soir, il n'a plus de « petite famille », mais il est trop écœuré pour réagir. Il n'a plus envie de lutter. L'ambiance de travail est trop importante dans une entreprise pour qu'il puisse envisager de bosser dans un climat d'hostilité affiché. Il préfère baisser les bras. EPS se passera de lui.

Désabusé, il constate que son malheur aura quand même un point positif. Il disposera de temps libre pour reconquérir Nathalie.

*

De son côté, Nathalie s'est sentie humiliée par l'attitude de Fred et elle n'a pas décoléré de la nuit. Non seulement, elle est tombée des nues en apprenant son infidélité, mais ce qu'elle a le plus de mal à admettre, c'est l'identité de sa rivale : Élodie, la sœur de Céline ! Ce fumier a osé et, comme une idiote, elle ne s'est aperçue de rien.

Elle efface d'un geste rageur les messages enamourés que Fred a laissés sur son portable. Elle ne va pas passer l'éponge aussi facilement. Le jeudi est son jour de congé. Elle a donc du temps devant elle.

Pour éviter de communiquer son anxiété à Mélanie, Nathalie la dépose à la crèche et, de retour chez elle, prend son portable pour appeler Céline. Il lui paraît inconcevable que son amie ne soit pas au courant, et si c'est le cas, elle va l'entendre !

Céline décroche à la deuxième sonnerie. Elle ne travaille que l'après-midi et elle est, au même moment, occupée chez elle à des tâches ménagères.

Céline est sincèrement surprise par la révélation de Nathalie. Cela ressemble tellement peu à Fred. Mais c'est surtout la trahison d'Élodie qui la laisse sans voix. Celle-ci lui avait dit, effectivement, qu'il y avait quelqu'un dans sa vie et que c'était un homme marié, pourtant si elle avait pu se douter. L'attitude de sa sœur lui paraît impardonnable. Comment a-t-elle pu oser ? Elle aurait quand même pu jeter son dévolu sur n'importe quel autre homme que le mari de sa meilleure amie. D'autant qu'elle a l'embarras du choix. Elle a toujours eu tous les hommes à ses pieds !

Céline est atterrée. Elle se demande comment elle réussira à pardonner à sa sœur.

Nathalie est, de son côté, soulagée et heureuse de trouver une oreille compatissante. Au moins, Céline la comprend, pour avoir vécu une même expérience douloureuse, deux ans plus tôt.

Son amie a fini par pardonner, mais elle lui a avoué ne plus parvenir à faire complètement confiance à son époux. Cela n'empêche pas Nathalie d'admirer Céline. Elle ignore encore si elle-même aura cette capacité à passer l'éponge.

En mettant fin à la communication, elle réalise qu'il serait sage qu'elle s'éloigne de son domicile. Si elle reste dans la maison, elle est certaine que Fred la harcèlera et finira par la faire fléchir. Elle se connaît trop. Or, il n'en est pas question.

Elle réfléchit et écarte la solution de sa mère. Elle est vraiment trop insupportable depuis la mort prématurée de son père, et puis Nathalie ne tient pas à lui parler de ses problèmes. Elle aura encore droit à un « je te l'avais dit » de celle-ci qui n'apprécie guère son mari. Un Fred qui le lui rend bien d'ailleurs.

Elle n'a pas pris de vacances depuis longtemps. C'est l'occasion. Ils auraient normalement dû partir en famille en août, mais elle anticipera. À son travail, la période est plutôt creuse. Elle expliquera la situation à son patron, sans entrer dans les détails. Il comprendra. Elle emmènera Mélanie avec elle.

Elle sent, intuitivement, qu'elle est sur le point d'utiliser sa fille pour régler ses comptes avec son mari et cela la met mal à l'aise. Mais tant pis pour lui, il l'a cherché !

Revigorée par sa décision, elle entreprend de trouver une solution d'hébergement pour les jours à venir et commence ses recherches. Elle sait qu'elle n'aura pas forcément le choix sur la destination. Pourtant, cela lui est égal. Pour elle, il est devenu vital de prendre de la distance avec Fred.

*

Céline vient à peine de raccrocher avec Nathalie, qu'elle appelle sa sœur, très en colère. Élodie ne l'a jamais entendue dans un tel état. Elle peut à peine placer trois mots, que sa sœur a déjà coupé la communication.

Elle admet, avec fatalisme, l'inutilité d'essayer de se justifier auprès de Céline. Elle attendra que sa sœur se calme. Elle lui expliquera plus tard, quand celle-ci sera assez réceptive pour l'écouter.

De sa conversation avec sa sœur, elle retient cependant une information qui lui met égoïstement du baume au cœur. Fred et Nathalie sont séparés. Même si ce n'est que temporaire, elle sent qu'elle a une carte à jouer. Depuis six mois que dure leur liaison, elle en a marre de passer systématiquement au second plan, et secrètement, elle caresse toujours l'espoir que Fred accepte de vivre avec elle. Élodie le connaît néanmoins suffisamment pour savoir qu'elle devra jouer finement sous peine de le perdre définitivement.

Elle décide de le contacter à son travail. Une voix féminine lui répond sèchement qu'il est absent de son bureau et qu'elle ignore si c'est pour longtemps. Elle tente alors de le joindre sur son portable, mais tombe sur le répondeur.

Élodie ne lui laisse pas de message. Pour ce qu'elle a à lui dire, lui parler directement est préférable.

*

Fred a suivi les conseils du DRH. Une heure après l'entrevue avec celui-ci, il termine prématurément sa journée de travail. Il rassemble ses affaires et passe, peut-être pour la dernière fois, la porte de l'entreprise. Il sent que des collègues se retournent sur son passage en chuchotant, pourtant personne n'a le cran de venir lui faire ses adieux, alors même qu'il est innocent de ce dont on l'accuse. C'est donc dans un silence pesant qu'il tourne le dos à EPS, scruté par des dizaines d'yeux.

Fred a conscience, en montant dans sa voiture, qu'il a sans conteste gagné le prix du licenciement le plus rapide de l'histoire, ou du moins de l'année. Il a des doutes sur la validité de la procédure, mais à ce stade, il a d'autres préoccupations. Il aura tout le temps nécessaire par la suite pour engager éventuellement une action devant les prud'hommes. D'une part, il n'a pas vraiment la tête à cela, tout au moins dans l'immédiat, et d'autre part, le gros chèque qu'il peut potentiellement récupérer suffit à calmer ses ardeurs.

Il tourne la clé de contact et démarre. Et à cet instant, il s'aperçoit qu'il n'a nulle part où aller.

11

Bertrand a passé son permis cariste un an plus tôt et a obtenu grâce à lui un boulot de magasinier durant l'été. Il a commencé son travail à cinq heures, et depuis son arrivée, rencontre d'énormes difficultés pour se concentrer. Par deux fois, il a manqué de faire tomber le chargement qu'il transportait et cela lui a valu un avertissement de son chef d'équipe.

Il n'arrête pas de revoir dans sa tête la personne qu'il a tenté d'embrasser. La peur sur son visage et la chute, avant la perte de connaissance. Il se sent étrangement fasciné par la scène. Il a le souvenir d'un plaisir fugace et d'un sentiment de puissance jamais rencontré auparavant. Un déclic s'est produit en lui. Il a envie d'inspirer la crainte et de se nourrir de la peur de jeunes femmes, simplement en tentant de leur imposer un baiser. La métamorphose de Bertrand est en train de s'accomplir. L'acte irraisonné d'embrasser une inconnue, provoqué par un excès d'alcool, évolue vers un geste réfléchi. Bertrand, l'adolescent attardé, le timide qui a tenté de s'affirmer dans des faits de petite délinquance, glisse progressivement vers un profil de délinquant sexuel, beaucoup plus inquiétant.

Car il en a maintenant la certitude. Il veut renouveler l'expérience, et rapidement si possible. Il doit seulement être plus prudent. Il a eu de la chance. Et cette fois, il s'arrangera pour que ça ne soit pas un autre qui profite de la notoriété.

*

L'inspecteur Delattre ne s'avoue pas vaincu, d'autant plus que le commissaire continue à lui mettre la pression, exigeant d'avoir un rapport journalier sur l'état d'avancement de l'enquête.

Pour l'instant, les résultats sont minces. La description d'Isabelle Pelissier s'avère peu précise. Le visage décrit est ordinaire et correspond à celui d'un jeune homme d'une vingtaine d'années, de type caucasien, sans signe distinctif particulier. C'est notoirement insuffisant pour permettre l'identification de l'agresseur.

Au quatrième jour de l'enquête, Michel Delattre ne se décourage pas et a entrepris de consulter le registre de main courante, qui se présente sous la forme d'une base de données informatisée reprenant les déclarations de particuliers. L'inspecteur a décidé de limiter sa recherche aux six derniers mois, en sélectionnant les agressions de femmes sur la commune et les alentours.

Parallèlement, le brigadier Petit s'est concentré sur l'examen des dépôts de plainte.

Après deux heures de recherche, Michel tombe sur la déclaration d'une dénommée Sidonie Bazec qui attire son attention. À la lecture de la scène décrite, il ne peut s'empêcher d'établir un lien avec l'affaire qui l'intéresse.

Elle relate ce qui lui est arrivé, un mois auparavant, en plein centre de Roubaix. Sa rencontre avec un homme qu'elle a difficilement repoussé, tant il la harcelait pour l'embrasser de force, et l'intervention providentielle d'un témoin qui a contraint l'individu à fuir. La scène s'est produite vers vingt-trois heures, à la sortie d'un cinéma, et la jeune femme a aussi évoqué la sensation d'avoir été suivie plus tôt dans l'après-midi. Choquée, elle a pris l'initiative de se rendre au commissariat.

Beaucoup plus précise qu'Isabelle Pelissier, elle a décrit de façon détaillée son agresseur, mais surtout, elle a mentionné un élément supplémentaire, capital pour l'identification : un léger bégaiement. Car dans son cas, contrairement à ce qui s'est produit dans l'affaire Pelissier, l'agresseur a prononcé quelques mots.

Il relève les coordonnées de la jeune femme et décide de la contacter. Il lui demandera de passer demain, dans la matinée. Recueillir directement son témoignage pourrait s'avérer fructueux et permettre peut-être la réalisation d'un portrait-robot.

Michel Delattre est satisfait. Il a l'impression que son enquête avance enfin. Le profil de l'agresseur se précise et ce qu'il laisse suggérer ne manque pas de l'inquiéter.

Un homme qui suit une femme dans la rue et qui a la patience d'attendre la fin d'une séance de cinéma pour l'aborder pourrait se révéler dangereux !

*

Après avoir quitté pour la dernière fois EPS, Fred squatte un café-restaurant en attendant l'heure du déjeuner. Il interroge frénétiquement sa messagerie, pour la quatrième fois depuis son arrivée. Toujours pas de trace de Nathalie. À l'inverse, Élodie a essayé de le contacter une fois, sans laisser de message. Fred suppose qu'elle a dû apprendre par Céline la mésaventure de son amant. Il décide de ne pas la rappeler. Il n'a vraiment pas le cœur à écouter sa fausse commisération.

Fred choisit de regagner son domicile après avoir mangé, déterminé à tenter une réconciliation avec son épouse. Dans l'état d'esprit dans lequel il se trouve, il est prêt à toutes les concessions pour qu'elle accepte de passer l'éponge sur son incartade. Il ne sortira plus aussi souvent avec ses copains et, entre autres promesses, il s'engagera même à participer à la corvée de repassage. Naïvement, Fred pense que son catalogue de bonnes résolutions infléchira Nathalie et lui fera oublier sa trahison. C'est bien mal la connaître.

Quand il découvre la maison vide, il ne met pas longtemps à comprendre la situation et à en arriver à la conclusion que sa femme a quitté le domicile, en emmenant Mélanie. Le garage désert, où aurait dû se trouver la voiture de Nathalie, et les affaires de sa femme et sa fille, en grande partie manquantes, terminent de le convaincre. Nathalie est partie, et manifestement, vu la place qu'il y a dans la penderie, pour un certain temps.

Fred est d'abord abasourdi. Il n'a rien vu venir, et pire, il n'a aucune idée de l'endroit où elle peut se trouver. Il écarte d'emblée la solution de la mère de Nathalie, trop évidente, et celle de la meilleure amie, trop proche de sa maîtresse. Son cerveau tente d'analyser la situation mais ne trouve aucune réponse à apporter. Ne sachant que penser, il tente de la joindre à nouveau et tombe sur la messagerie, comme lors de ses précédentes tentatives.

Dans l'état d'abattement dans lequel il se trouve, Fred convient rapidement qu'il est inutile de rester chez lui, seul à broyer du noir. Il doit se reprendre et trouver un moyen d'occuper son esprit. Il pense alors à l'inspecteur Delattre et à l'individu qui l'a bousculé le soir de l'agression. Avec une pointe de masochisme, il prend alors la décision de se rendre au commissariat pour une déclaration. Une déclaration très différente de celle qu'il avait envisagé de faire à Nathalie.

*

Isabelle est un peu moins déprimée que la veille. Dans la matinée, elle a rencontré le psychologue qui a complété l'information du corps médical. Il a également commencé à apporter des solutions pour l'aider à mieux accepter son handicap, et surtout, il a pris le temps de l'écouter. Le kiné, qu'elle a vu ensuite, a aussi tenu des propos qui l'ont un peu rassurée. La rééducation pourra démarrer dans une quinzaine de jours.

L'après-midi, son père, après un passage en coup de vent, l'a appelée par deux fois. Un intérêt inhabituel pour elle. Laetitia, une de ses amies, est restée un moment avec elle, réussissant même à la faire sourire. Le seul qui a brillé par son absence, c'est Marc.

Malheureusement, elle n'en est pas étonnée.

Il va bien falloir qu'il finisse par accepter la situation, mais pour le moment, fuir est ce qu'il a trouvé de mieux pour faire le point, comme il dit. Cette attitude infantile énerve Isabelle. Pourtant, elle a conscience qu'elle doit être patiente si elle veut réussir à sauver son couple. Quelle dérision ! Elle pense à son couple et sa vie est en miette. Marc aurait dû l'aider à se reconstruire et c'est tout le contraire qui se produit.

*

Michel Delattre essaie toujours de joindre Sidonie Bazec quand Fred Godot se présente au commissariat et demande à lui parler. L'inspecteur est surpris de le voir revenir si vite sur les lieux de sa garde à vue, traditionnellement un événement éprouvant pour quelqu'un qui n'a pas l'habitude d'être confronté aux forces de l'ordre.

Fred Godot lui apparaît tout de suite peu soigné. Manifestement, il n'a pas l'air d'aller bien. Il semble exténué, avec des signes évidents de fatigue autour des yeux. Michel préfère ne pas chercher à en connaître les raisons, même s'il en a une vague idée, ayant encore présent à l'esprit l'alibi de Fred Godot.

Son témoignage ne lui révèle pas grand-chose de nouveau. Il donne une description qui correspond en tous points à celles fournies par Isabelle Pelissier et Sidonie Bazec, mais l'agresseur n'a rien dit en le bousculant, de sorte qu'il ne peut confirmer le bégaiement.

À sa demande, l'inspecteur lui donne quelques informations sur l'état de santé de la victime. En prenant conscience pour la première fois de la gravité des faits, Fred désire apprendre le nom et le lieu de l'hospitalisation de la jeune femme. Il culpabilise à l'idée de ne pas lui avoir prêté secours et insiste pour la rencontrer.

Michel, d'abord réticent, finit par lâcher le renseignement, en pensant que cela ne peut prêter à conséquence.

12

La veille, l'inspecteur Delattre a réussi à joindre Sidonie Bazec dans la soirée, et ce vendredi matin, elle a accepté de venir au commissariat pour témoigner.

La première chose qui frappe le policier quand il la voit, c'est sa ressemblance avec Isabelle Pelissier. Blonde et élancée, elle pourrait presque passer pour sa sœur.

Vêtue d'un simple chemisier et d'un jean, elle dégage une sensualité animale qui trouble Michel.

Sidonie lit dans le regard de l'inspecteur qu'elle ne lui est pas indifférente. Elle en a l'habitude et cela la flatte généralement, à la condition que son interlocuteur sache rester à sa place. Elle se fait la réflexion qu'il est plutôt séduisant. Loin d'être impressionnée par son métier et son grade, elle le regarde avec un petit sourire. Elle n'a pas encore trente ans et s'est toujours considérée comme une femme libre, refusant délibérément de s'engager avec un homme et préférant les histoires sans lendemain.

Elle confirme ce qui est porté sur la main courante. Quand il fait mine de s'étonner qu'elle aille au cinéma seule, elle lui répond que pour voir un film, elle ne voit pas la nécessité d'être accompagnée. Est-ce qu'il lui en ferait la remarque si elle était un homme ?

Michel rougit légèrement et tente de masquer son trouble.

- Pourriez-vous essayer de vous souvenir des paroles exactes de votre agresseur et m'en dire un peu plus sur la nature de son bégaiement ?

Sidonie a une bonne mémoire, et indéniablement des talents d'actrice quand elle entreprend de l'imiter :

- Lai..., laissez-moi vous embra..., embrasser. Juste un pe..., petit baiser ! A..., Allez quoi !

- « Va-t'en sale con ! » est ce que j'ai dû lui répondre. Bien qu'à y réfléchir, j'ai dû utiliser un langage plus cru. Euh, ça devait être...

- Bon, j'en ai compris l'esprit, l'interrompt Michel, de plus en plus troublé. Est-ce que vous l'avez revu depuis, par hasard ?

- Non, il faut dire que, depuis cette expérience, je ne suis plus sortie le soir qu'accompagnée. Et s'il m'a croisée, il a dû m'éviter.

- Son bégaiement aurait-il pu être provoqué par l'alcool ?

- Non, je ne pense pas. J'ai senti à son haleine qu'il avait bu, mais pas au point de bégayer à cause de ça. Et puis, il y a plein d'autres raisons pour bégayer, vous ne pensez pas, lui dit-elle en le fixant dans les yeux.

- Euh, vous avez raison. Pardonnez-moi mon indiscrétion, vous vivez seule actuellement ?

- Vous êtes bien curieux, lui réplique-t-elle du tac au tac, en se retenant difficilement d'éclater de rire.

- C'est bien entendu pour les besoins de l'enquête ! Je veux aussi évaluer le risque que vous soyez à nouveau agressée. On ne sait jamais ! s'entend-il dire d'un timbre de voix qui ne lui ressemble pas, un peu déstabilisé par l'aplomb de la jeune femme.

- Oui, je vis seule et vous ?

Décidément, elle a de la répartie. Il s'aperçoit qu'elle a les yeux fixés sur son annulaire. Il décide alors de reprendre l'initiative.

- Comme vous, et pendant qu'on y est, je prends ma pause déjeuner dans quelques minutes et je connais un petit troquet sympa pas loin, où nous pourrions continuer cette conversation de façon plus décontractée en buvant un verre. Est-ce que vous auriez encore un peu de temps à m'accorder ?

- Serait-ce une tentative d'approche, monsieur l'inspecteur, lui répond-elle en souriant ?

Michel se tait alors, se demandant s'il n'a pas été trop loin. Sidonie, d'un regard, achève de le rassurer.

*

Fred a passé la nuit chez lui et n'a toujours pas réussi à contacter sa femme. Le fait de ne pas avoir de nouvelles de Nathalie le contrarie. Il ne veut pas se l'avouer, mais elle lui manque, tout autant que sa fille. Il se demande toujours où elles peuvent être, et pourquoi Nathalie ne lui laisse même pas un message ? Au moins quelques mots pour le rassurer. Il pourrait leur être arrivé quelque chose, après tout !

Fragilisé par l'attente, il ne parvient pas à s'atteler à une tâche et ne sait pas trop quoi faire de sa matinée. Les visites à l'hôpital ne sont autorisées que l'après-midi, aussi il tourne en rond à la maison, sans véritable but. Il y a bien la porte du placard à réparer, pour laquelle Nathalie l'a bien relancé une dizaine de fois tant elle menace de s'effondrer, mais il n'arrive toujours pas à trouver la motivation nécessaire.

Plus la matinée avance et plus Fred, en pensant à Nathalie, voit son désespoir progressivement remplacé par un sentiment de colère. D'accord, il a déconné, néanmoins il ne mérite pas son indifférence, et puis elle n'a pas le droit de le priver de sa fille. Pourquoi ne répond-elle pas à ses appels ? Elle pourrait au moins le laisser s'expliquer. C'est vrai, il l'a trompée, mais peut-être a-t-elle aussi une part de responsabilité ! Un homme ne trompe pas sa femme sans raison. Avec une mauvaise foi évidente, Fred essaie de retourner la situation à son avantage, oubliant déjà les bonnes résolutions prises la veille.

*

Nathalie a pris une chambre d'hôtel au nord de la côte bretonne dans une petite station balnéaire, en attendant de pouvoir occuper la location qu'elle s'est trouvée à une dizaine de kilomètres de là. Location dont elle ne peut disposer que le lendemain après-midi, et qu'elle a réservée pour une semaine.

Elle se promène sur la jetée avec sa fille, sous un soleil timide. Mélanie est surexcitée par la mer et supplie sa mère de la laisser mettre les pieds dans l'eau. Son père, en déplacement pour le travail - ce qui n'arrive jamais -, est la seule raison que Nathalie ait trouvée pour expliquer l'absence de Fred à Mélanie. Elle se rend compte que, comme son mari, elle ne peut rien refuser à sa fille. Elle descend donc sur la plage avec elle, chaussures à la main.

Elles marchent un instant dans une eau qui ne doit pas excéder les vingt degrés. Sa fille rit, avec l'insouciance de ses trois ans, éclaboussant sa mère dès qu'elle en a la possibilité. Nathalie regarde les traces qu'elles laissent sur le sable et a un pincement au cœur en ne voyant pas les pas de son mari à côté des siens. C'est la première fois qu'elle part seule avec sa fille, et cela s'avère plus dur qu'elle ne l'aurait cru.

À plusieurs reprises, Fred a laissé des messages la suppliant de le rappeler, mais elle est restée inflexible, consciente que son attitude ne risquait pas d'arranger les choses. Pourtant, la cicatrice est encore trop fraîche. Elle a placé la confiance comme pilier dans son couple et il a tout gâché. Elle s'est donné huit jours pour faire le point. C'est peu et beaucoup à la fois.

Elle comprend qu'une semaine peut aussi bien consolider leur amour que le détruire. Elle ne pourra plus éviter très longtemps une discussion sérieuse avec son mari. À l'inverse de toutes ses amies, elle déteste le téléphone qu'elle n'utilise que pour gérer les urgences, alors une explication via le portable avec Fred, sur un sujet aussi délicat que leur couple, ne l'enchante guère.

Sa rêverie est interrompue par Mélanie qui a trouvé un tout petit crabe et essaie de le prendre dans sa main.

- Regarde maman, il veut pas que je l'attrape !

- Laisse-le ma chérie, c'est un bébé crabe, il veut rejoindre son papa et sa maman.

- Comme moi maman, sauf que papa, lui, il est pas là !

Pourquoi est-ce que tout la ramène toujours à Fred ? Il est presque midi. Sa fille commence à se plaindre d'avoir faim.

- Tu veux manger quoi, mon poussin ?

- Des frites et des moules !

Mélanie partage avec son père un goût immodéré pour ce plat. Nathalie ne peut s'empêcher de laisser échapper un soupir en la regardant.

*

Fred s'apprête à frapper à la porte de la chambre d'Isabelle. Il ne sait pas trop pourquoi il tient tant à cette rencontre. Il y a ce désir qui l'obsède depuis qu'il a appris l'état de la jeune femme. Peut-être a-t-il conservé l'illusion qu'il aurait pu changer les choses ? Il veut aussi savoir à quoi elle ressemble et mettre un visage sur son nom. Inconsciemment, il veut la rencontrer parce qu'elle a comme point commun d'être dans la galère comme lui, à cause du même événement.

C'est le début des visites. Quand il entre, elle est seule dans sa chambre en train de feuilleter une revue.

Elle a un regard surpris en le voyant, se demandant qui il peut être. Alors qu'il s'attend à la trouver amorphe et désespérée, il est surpris par la force qui émane d'elle. Elle a visiblement déjà commencé le travail de deuil de ses jambes et a décidé de ne pas se laisser abattre. Elle a un visage lumineux avec des traits fins, encadré par des cheveux blonds.

- Excusez-moi de vous déranger ! Je me présente : Fred Godot. Inutile de chercher, vous ne me connaissez pas.

- Et vous êtes là pourquoi ? Vous êtes policier ? Vous savez, j'ai déjà tout dit à vos collègues !

- Non pas du tout, et ce qui m'amène va vous paraître étrange. Figurez-vous que nous nous sommes retrouvés, au même moment, quasiment au même endroit et que j'ai même été suspecté de vous avoir agressé.

- Vous plaisantez ! Mon agresseur était beaucoup plus jeune que vous.

- Je sais. Je l'ai entrevu quand il m'a bousculé alors qu'il s'enfuyait.

- Tout ça, c'est très bien, mais je ne vois pas en quoi je peux vous aider. Je ne sais pas si vous vous en rendez compte, mais je n'ai plus vraiment les moyens d'aider qui que ce soit.

- Oui, et j'en suis désolé, mais j'ai un autre point commun avec vous, votre agression a eu des conséquences importantes pour moi, car elle a indirectement provoqué le départ de ma femme et la perte de mon emploi.

Et Fred Godot, alors qu'il connaît à peine Isabelle, de lui raconter comment il en est arrivé là. Il lui parle de Nathalie, de sa liaison avec Élodie, de sa fille Mélanie et de la façon dont il a perdu son travail chez EPS. Isabelle l'écoute attentive, l'arrêtant parfois pour lui poser une question.

Pendant qu'il lui parle, elle oublie temporairement les raisons qui la clouent sur son lit. Elle voit en son compagnon d'infortune quelqu'un de sincère, embarqué dans une histoire qui le dépasse. Et chose importante pour Isabelle, il ne la regarde pas comme une personne handicapée, avec une pointe de pitié et de condescendance. Non, il la regarde comme une amie, avec laquelle il a une discussion ouverte sur la vie et ses incertitudes.

Isabelle, mise en confiance, évoque à son tour son mariage avorté, l'évolution de sa relation avec son compagnon. Elle parle également de sa mère, l'éternelle absente, de son amour pour le sport. Elle se dévoile ainsi à un parfait inconnu, comme jamais elle ne l'a fait auparavant.

L'arrivée de son père met brutalement fin à la conversation, et ils s'observent alors, étonnés de s'être livrés autant. Durant une heure, ils se sont écoutés mutuellement, sans se juger, et ils se rendent compte à quel point cela leur a fait un bien immense à tous les deux.

La bulle qui les a entourés pendant tout ce temps est rompue. Fred préfère s'en aller, et instinctivement, embrasse Isabelle comme une vieille amie, non sans lui avoir promis de revenir le lendemain.

*

Élodie désire plus que tout voir Fred, mais répugne à se rendre chez lui sans prévenir. Elle compose son numéro pour la quatrième fois de la journée et ne comprend pas pourquoi il refuse de lui parler. Quel abruti ! Elle pourrait pourtant l'aider à oublier sa déception amoureuse. Elle, au moins, saurait l'écouter et lui redonner confiance en lui.

Même si le sexe tient une part importante dans leur relation, elle pense qu'il a pour elle des sentiments profonds qui dépassent le cadre d'une simple relation charnelle. Une femme sent ces choses-là. Elle ne peut se tromper. Les gestes de tendresse après l'amour, les mots doux qu'ils s'échangent, elle ne les a quand même pas inventés. Et elle se prend à rêver que Fred et Nathalie se séparent, et qu'enfin, ils puissent vivre leur amour au grand jour.

Tant pis, elle ne peut demeurer dans cette incertitude. Il faut qu'elle sache. Elle décide alors de prendre le risque de se rendre chez lui en fin d'après-midi. Et puis, si elle tombe sur Nathalie, au moins la situation sera clarifiée !

Fred est rentré de l'hôpital. Discuter avec Isabelle l'a soulagé et lui a fait oublier pour un temps ses problèmes. Il n'a pas encore tenté depuis de recontacter Nathalie et s'apprête à le faire, quand le carillon de l'entrée retentit. Spontanément, il pense à sa femme et se précipite pour ouvrir la porte. Quand il voit Élodie lui sourire d'un air timide dans l'encadrement, il ne cache pas sa déception. C'est bien, à cet instant, la dernière personne qu'il a envie de voir !

Élodie hésite, face au regard désappointé de son amant, d'autant qu'il ne s'efface pas pour la laisser entrer.

- Je suis venue voir si tout allait bien et si je pouvais faire quelque chose pour toi, arrive-t-elle à lâcher dans un souffle, déstabilisée par la froideur de Fred.

- Ma femme est partie. J'ai perdu mon boulot. Comment tu veux que ça aille ? lui répond-il hargneux. Mais j'y pense, tu te pointes chez moi et tu ignorais que Nathalie serait absente. Nous avions pourtant un accord.

- Oui, je sais. Mais tu ne répondais pas à mes appels. Je voulais simplement savoir si…

- Si quoi ? Les cendres de mon couple sont encore tièdes et tu viens déjà essayer de prendre la place de ma femme !

Élodie ne peut en supporter plus et s'enfuit en pleurant. Elle ne s'était pas attendue à un tel accueil de la part de Fred. Comment peut-elle avoir été aussi idiote et aussi naïve ? Elle part sans se retourner, pleine de rancœur. Et dire qu'elle avait placé tant d'espoir en son amant.

*

Michel Delattre est tombé sous le charme de Sidonie Bazec. Elle a accepté de boire un verre et ils ont fini par déjeuner ensemble. Au fil de la conversation, ils se sont découvert des affinités et une passion commune pour le vin.

Sidonie a accepté de sacrifier son début d'après-midi à la réalisation d'un portrait-robot de l'agresseur, et grâce à ses indications étonnamment précises pour un fait qui remonte à un mois, un policier a reproduit à partir d'un logiciel un résultat assez ressemblant, au dire de celle-ci.

Sidonie a ensuite quitté le commissariat en se contentant de le remercier pour le déjeuner par une poignée de main amicale. Michel en a ressenti une certaine frustration. Il avait secrètement espéré plus de sa part. Qu'elle exprime une intention de le revoir ou lui adresse un petit signe en partant, il n'aurait su le préciser.

C'est maintenant la fin de sa journée de travail. Il est dix-huit heures et il s'apprête à rentrer chez lui, quand il a soudain un flash. La ressemblance entre Isabelle et Sidonie n'est pas un hasard. La personne qu'il recherche, est manifestement attirée par un type de femme bien précis.

*

Marc passe voir Isabelle dans la soirée. Toute la journée, il a redouté le moment de leur tête-à-tête. Sera-t-il à la hauteur ? Trouvera-t-il les bons mots pour la réconforter ? C'est dans cet état d'esprit qu'il arrive à l'hôpital.

En entrant dans la chambre, il la trouve plutôt en forme. Elle lui reproche à peine son absence de la veille et donne l'impression de chercher à le ménager. Marc est toujours aussi indécis sur l'attitude à avoir, mais il est tout de suite impressionné par l'énergie qui émane d'elle. En la voyant en attente de ce qu'il va dire ou faire, il ressent une bouffée d'amour. Pour la première fois depuis son accident, il réussit à soutenir son regard et à lui parler avec le cœur.

13

Bertrand a décidé d'errer dans les rues de Roubaix pour commencer son week-end. Il a envie de retrouver les sensations qu'il a connues plusieurs jours auparavant en abordant sa dernière victime. Il cherche sa future proie et dévisage les jeunes femmes qu'il croise. Il est en quête de celle qui se rapprochera le plus de son idéal féminin, car il se sait attiré par un type de femme bien particulier.

A priori, rien dans son enfance n'aurait pu laisser envisager la direction qu'il est train de prendre, cette évolution morbide vers le désir de se nourrir de la peur qu'il suscite.

Fils unique, il a fait l'objet d'une éducation stricte, avec des parents qui l'ont poussé à donner le meilleur de lui-même. Il n'a jamais manqué de rien. Il est simplement né dans une famille où les sentiments ne s'expriment pas. Ses parents ne s'embrassent pas devant lui et se disputent rarement. Ce modèle de couple, sans passion et sans histoires, a fini par influencer sa perception de l'amour.

Durant toute son enfance, sa mère a été distante avec lui et avare de marques d'affection, se contentant de baisers à l'intensité mesurée, dénués de véritable tendresse. Son père a toujours placé la barre haut pour lui. Trop sans doute, car il a rarement eu l'impression de pouvoir répondre à ses attentes. À l'inverse, il a souvent eu cette sensation de le décevoir en dépit des efforts qu'il faisait. Efforts qui, au fil du temps, se sont raréfiés.

Sans en avoir conscience, il a développé un véritable vide affectif qui s'est manifesté par une difficulté à aimer et à extérioriser ses sentiments. Ses rares petites amies l'ont quitté rapidement. Il n'a pas toujours compris pourquoi, mais ses problèmes précoces avec l'alcool et son apparente indifférence n'ont pas aidé à les retenir. Un manque de confiance en lui s'est progressivement installé qui, rapidement, s'est traduit par un bégaiement en situation de stress. Il a alors pris l'habitude d'éviter de parler.

Il erre depuis une heure dans un centre commercial du centre de Roubaix, quand il repère la jeune femme qu'il recherche. Une certaine fébrilité s'empare de lui. Il éprouve un désir immédiat pour elle et lui emboîte le pas.

Il se surprend alors à constater qu'il n'a pas bu. Pour la première fois depuis qu'il a entrepris sa quête.

*

Fred est réveillé par le bruit de son portable. Nathalie lui a enfin envoyé un message. Il le lit avec impatience.

Dans celui-ci, elle lui explique son désarroi et le besoin de prendre un peu de temps pour faire le point, comme elle l'écrit. Elle le prie de ne plus chercher à la contacter. Elle va bien et leur fille aussi. Elle l'appellera quand elle se sentira prête à lui parler. Elle conclut en lui demandant de respecter son choix. Pas un « je t'embrasse », et encore moins un « je t'aime », pour lui laisser le moindre espoir de réconciliation. Il ne lui reste plus qu'à attendre le bon vouloir de Nathalie.

Fred est à la fois rassuré et déçu. Rassuré de savoir que toutes les deux vont bien, mais également déçu, il avait espéré plus qu'un simple message dénué de chaleur.

Il a pourtant réfléchi, à de nombreuses reprises, à ce qu'il dirait à sa femme si elle lui en laissait la possibilité, à toutes ces choses qu'il ne lui est pas possible d'exprimer dans un simple message. Et puis, il aimerait entendre sa voix. Son timbre de voix si particulier, mélange de tendresse et de sensualité. Pour toutes ces raisons, il déteste la distance qu'elle lui impose. Il se sent bridé dans sa tentative pour la reconquérir et en tire une certaine amertume.

Mais surtout, il en veut à son épouse de lui imposer l'absence de sa fille, car Mélanie lui manque. Sa voix, son rire cristallin, ses mots et expressions, qu'elle utilise déjà avec assurance en dépit de ses trois ans, et les rituels, comme celui qu'il a mis au point pour le coucher du soir - une histoire, un verre d'eau et un câlin -, rendent son absence insupportable.

Déprimé, il décide de sortir pour acheter une baguette. Marcher lui sera bénéfique et l'aidera à se changer les idées. En passant le seuil de la porte d'entrée, il voit l'inscription en grandes lettres rouges sur la porte du garage : « SALAUD ! ». Il se fait alors la réflexion, que peut-être, l'épisode Élodie a trouvé un épilogue. À la condition que sa maîtresse accepte d'en rester là, ce dont il doute.

Il répond au salut d'un voisin qui le dévisage ostensiblement en rentrant les poubelles, et se souvient que la veille, dans la confusion, il a oublié de sortir les siennes.

Il va falloir maintenant songer à nettoyer le message de déception d'Élodie, ce qui risque fort de l'occuper une partie de la matinée. Il pourra ainsi se focaliser sur les efforts qu'il aura à accomplir pour enlever cette vilaine peinture rouge qu'elle a appliquée consciencieusement.

Et viendra ensuite l'heure de rendre visite à Isabelle !

*

L'inspecteur Delattre sent confusément qu'un détail lui échappe. Il commence à avoir une idée plus précise de l'individu, mais il a le sentiment d'avoir occulté une information importante.

Il se souvient brutalement de ce dont il s'agit. L'alcool ! Avant de tomber, elle a senti l'alcool dans son haleine. La personne recherchée pourrait-elle avoir un problème récurrent avec la boisson ? Dans ce cas, il existerait une chance infime pour que l'agresseur ait déjà fait l'objet d'une interpellation pour ivresse sur la voie publique.

Le commissaire a placé l'enquête dans les priorités. La recherche risque d'être longue et fastidieuse, mais cela vaut la peine de vérifier. Dès lundi, il mettra le brigadier Petit à contribution.

L'inspecteur prévoit de se rendre à l'hôpital dans la journée pour demander à Isabelle Pelissier de confirmer le portrait-robot. S'il évoque pour elle la personne qui l'a agressée, il ne lui restera plus qu'à le diffuser sur les réseaux sociaux de la police et par voie de presse. Il espère que l'identification ne sera plus alors qu'une question de jours.

*

Fred fulmine contre Élodie, en terminant de nettoyer sa porte de garage. Hier il a été dur avec elle, mais le fait qu'elle se pointe chez lui sans prévenir l'a mis hors de lui. Il aspire maintenant à ce qu'elle le laisse en paix. Il a mis plus d'une heure à réparer les dégâts, il ne tient pas à avoir à recommencer.

Il répond au message de Nathalie en lui faisant une réponse assez brève, dans laquelle il lui dit qu'il l'aime et qu'elle lui manque. Il espère qu'elle ne tardera pas trop à l'appeler et il lui demande d'embrasser très fort sa fille pour lui.

En envoyant le message, il s'aperçoit qu'il a écrit « sa fille » et non « leur fille ». Peut-être, un moyen inconscient de se réapproprier Mélanie.

Il mange un sandwich et arrive à l'hôpital au début des visites. Sa conversation d'hier avec Isabelle lui a réchauffé le cœur et il sent confusément qu'il en a été de même pour elle. Ils ont discuté librement, sans ambiguïté, et ont pu aborder tous les sujets sans retenue. Il a hâte de la retrouver et, comme il n'a pas pris la peine de lui préciser l'heure de son arrivée, caresse l'espoir qu'elle soit seule.

Malgré le stress généré par l'hospitalisation et l'incertitude sur l'évolution de son état, Isabelle trouve la force de lui sourire. Il est le premier de la journée à lui rendre visite et elle est visiblement heureuse de le voir.

Quelques minutes suffisent pour reprendre la discussion interrompue la veille et retrouver la complicité qu'ils ont réussi à établir.

*

Nathalie n'en peut plus. Sa matinée s'étire longue et monotone sous un ciel grisâtre. L'enthousiasme de sa fille n'arrive même pas à la dérider. Assise sur la plage, elle regarde Mélanie jouer avec le sable et envie son insouciance. Sa vie est tellement banale. Un mari qui la trompe et elle qui ne voit rien !

En regardant la mer, elle se concentre sur le bruit des vagues pour vider son esprit et essaie malgré tout de profiter de l'instant. Elle doit rejoindre dans l'après-midi le bungalow qu'elle a loué dans un village de vacances, à quelques kilomètres. Au moins, elle se dit que l'animation et la possibilité de discuter avec d'autres personnes lui changeront les idées.

La décision qu'elle a prise de quitter la maison commence déjà à lui peser, mais elle est trop fière pour l'admettre. Elle est arrivée depuis à peine deux jours, et elle se rend compte que son mari lui manque. C'est la première fois qu'ils sont séparés aussi longtemps depuis leur mariage.

La réponse de Fred à son message lui parvient. Un message court et impersonnel qui la déçoit. Elle aurait aimé trouver d'avantage d'implication et d'originalité dans les mots qu'il a utilisés. Elle comprend alors qu'il devient inutile de différer plus longtemps l'appel qu'elle appréhende. Elle a le sentiment, qu'attendre encore ne fera que les éloigner davantage.

Elle se décide à l'appeler dans la soirée. Elle veut entendre le son de sa voix, mais elle ne veut pas non plus lui donner l'impression de céder trop facilement. Il a écrit « *Je t'aime* ». Il faudra qu'il le prouve en lui disant de vive voix. Au ton qu'il emploiera, elle saura mesurer son degré de sincérité.

C'est trop facile de se contenter de l'écrire !

*

Pendant deux heures, Bertrand a suivi la jeune femme dans la galerie marchande. Elle a rejoint une amie à la cafétéria et il les épie du coin de l'œil, en buvant une bière.

Elle est si belle…

Blonde, elle a un visage d'où émergent des lèvres charnues qui le fascinent. Il veut désespérément l'embrasser et il est impatient de passer à l'acte. Il la soupçonne d'attendre ce moment. Il n'aura pas besoin de la forcer. Elle répondra à son baiser, sans hésiter et passionnément.

Dans sa bulle, le jeune homme n'envisage à aucun moment un refus, tant il est désormais sûr de lui. L'ancien

Bertrand timoré est mort, c'est le nouveau Bertrand conquérant qui a pris le relais.

Néanmoins, il est suffisamment lucide pour se rendre compte qu'il ne sera pas si simple de l'aborder. Trop de monde. Malgré ses certitudes, il sent bien que, s'il veut obtenir ce qu'il désire, il faut que le cadre de leur rencontre soit propice. L'idéal serait de parvenir à se procurer son adresse. Il veut pouvoir la retrouver plus facilement et imagine déjà des rendez-vous secrets.

Tout à sa rêverie, il réagit avec retard quand elle se lève pour s'en aller. Surpris, il quitte précipitamment sa table et heurte une chaise qui tombe lourdement sur le sol. Le bruit de la chute résonne dans la salle. Elle se retourne alors et le regarde brièvement. Bertrand lit sur son visage de l'intérêt, alors qu'elle ne manifeste que de l'indifférence. Il la perd de vue au moment de payer et peste contre le serveur qui tarde à lui rendre la monnaie.

Il la remarque à nouveau alors qu'elle s'apprête à monter dans un bus. Elle s'est séparée de son amie et elle est désormais seule. Il lui emboîte le pas et s'assoit derrière elle. Il s'interroge sur sa destination. Avec son style et ses vêtements de marque, peut-être un quartier résidentiel ?

Astrid a eu le sentiment d'être suivie avant d'entrer dans la cafétéria. Quand elle entend la chaise tomber, à l'instant même où elle s'apprête à sortir du restaurant, elle en a la certitude. Ce grand jeune homme maladroit, qui vient de la dévisager, elle l'a déjà vu tout à l'heure, et elle se rappelle où : devant le magasin de chaussures ! Est-ce seulement un hasard ? Elle en doute.

Elle sort rapidement et file jusqu'à la station de bus. Quand elle le voit monter à sa suite et s'installer derrière elle, son cœur s'accélère. Il n'y a plus à tergiverser. Elle est suivie. Et dire qu'elle vient juste de faire ses adieux à son amie ! À cet instant précis, elle se sentirait beaucoup plus rassurée à ses côtés. Elle va devoir faire preuve de finesse pour s'en débarrasser. Il ne l'a pas abordée directement, et elle peut difficilement crier pour attirer l'attention. Elle passerait pour une folle, et bien entendu, il démentirait vouloir l'importuner.

Astrid a un atout. Il y a trop de monde autour d'elle pour qu'elle risque quelque chose dans l'immédiat, mais elle ne doit surtout pas attendre son arrêt. Beaucoup trop isolé, même en plein jour, d'autant qu'elle ignore toujours les intentions véritables de son suiveur. Il peut être dangereux. Qui sait exactement ce qu'il veut et ce dont il est capable ?

Astrid réfléchit à toute vitesse et se décide lorsque les portes du bus s'ouvrent. Elle sort brutalement, espérant qu'il fera de même. Gagné ! Il la suit à son tour, en ne prenant plus la peine de se dissimuler. Quand elle sent que les portes vont se refermer, elle remonte brusquement et réussit à se faufiler in extremis à l'intérieur du véhicule, avant qu'il ne redémarre. Elle regarde à travers la vitre et croise son regard désorienté. Visiblement, il ne s'était pas attendu à sa réaction. Elle ne peut retenir un sourire de victoire.

- Vous savez ce que vous voulez ? Vous montez ou vous descendez !

La remarque du chauffeur agacé la ramène à la réalité.

- Euh, je ne descends pas, excusez-moi ! J'étais distraite et je me suis trompée d'arrêt.

Contente de son astuce et soulagée, elle ferme les yeux pour reprendre ses esprits. Elle ne voit alors pas le jeune homme, demeuré au-dehors, se baisser pour ramasser un objet tombé à terre.

14

Quand Marc arrive à l'hôpital, il trouve Isabelle en grande conversation avec un inconnu. Une grande complicité entre eux est perceptible. Marc en ressent une pointe de jalousie. L'homme se présente brièvement et prend rapidement congé.

Marc veut en apprendre davantage, d'autant qu'il a eu la désagréable impression que sa présence les dérangeait. Il interroge Isabelle, mais elle se moque gentiment de lui, presque heureuse de le voir considérer Fred comme un rival. Pour exciter sa curiosité, elle décide de tourner la question en dérision.

- C'est une personne que j'ai rencontrée par hasard. Mais dis-moi, tu ne serais pas en train de devenir jaloux ? Parce que tu sais, aujourd'hui j'ai aussi parlé à un infirmier, un kiné et j'en passe. Très séduisant le kiné, d'ailleurs. Et dire que je le verrai tous les jours, pendant ma rééducation ! Tu as vraiment du souci à te faire, mon amour.

Marc éclate de rire à sa remarque. Pour la première fois depuis son agression, il la voit sourire et retrouver son humour. Il se remet à espérer. Elle l'a appelé « mon amour ». Après une courte période de doute, il sent qu'il est à nouveau prêt à envisager un avenir avec elle.

Malgré tout, le visage de l'individu qu'il a croisé est toujours présent dans sa mémoire et il ne peut s'empêcher de le considérer comme une menace. Marc se résout pourtant à ne plus aborder le sujet.

Ils discutent alors longtemps de la façon dont ils vont s'organiser quand Isabelle sortira de l'hôpital. Cette dernière perçoit une inquiétude sous-jacente dans les propos de Marc.

Elle commence à avoir une idée un peu plus précise de ce qui l'attend et tente de le rassurer. Elle veut continuer à vivre aussi normalement que possible. Elle n'a perdu que l'usage de ses jambes, les autres parties de son corps ont conservé les mêmes sensations. Elle pourra avoir des enfants et fonder une famille. Et s'il est toujours d'accord, cela sera avec lui.

Elle commencera la rééducation dans deux semaines. Le kiné qui, contrairement à ce qu'elle a fait croire à Marc, est loin d'être un apollon, lui a rappelé qu'il était rare de pouvoir débuter une cession aussi vite. En général, le temps d'attente dépasse un mois. Une place s'est libérée dans un centre, c'est une opportunité qu'elle ne peut pas laisser échapper.

En lui disant tout cela, Isabelle s'aperçoit qu'elle se ment. Au fond d'elle-même, elle n'a toujours pas renoncé à marcher et à courir. À cet instant, elle prend sur elle, mais la plupart du temps, elle conserve une boule d'angoisse dans la gorge dont elle ne parvient que difficilement à se débarrasser.

Sa rencontre avec Fred n'arrange rien et la plonge dans le doute. Elle commence à avoir pour lui des sentiments contradictoires. Elle l'apprécie réellement. Elle voit en lui quelqu'un qui pourrait devenir un véritable ami. Pas davantage. Enfin, elle se refuse à l'envisager.

En songeant à cela, elle est désabusée. S'imaginer prendre un amant, quelle farce, alors que le sexe est devenu un aspect de sa vie qui soulève tellement de questions ! Sera-t-elle encore capable de ressentir du plaisir ? D'avoir une vie sexuelle épanouie ? Et dans le cas contraire, est-ce que Marc se satisfera d'une relation à sens unique, limitée à ce qu'elle sera en mesure de lui offrir ?

La question des enfants la travaille également, car elle n'imagine pas sa vie sans en avoir deux ou trois. Autant les médecins l'ont rassurée sur le fait de pouvoir en avoir, autant elle se demande si elle aura la force de les élever tout en étant diminuée. Elle est bien consciente que Marc l'aidera, mais est-ce que cela suffira ?

Dans cette confusion qui est la sienne, son esprit passe alternativement de Marc à Fred.

Un peu plus tôt, Fred l'a troublée, en lui faisant des révélations très personnelles qui lui ont rappelé sa propre enfance.

Élevé seul par sa mère, il a peu connu son père et n'en a conservé qu'un vague souvenir. Déjà peu présent durant sa petite enfance, son paternel a complètement disparu par la suite. À ce jour, il ignore ce qu'il est devenu. Il ne pense d'ailleurs pas qu'il le reconnaîtrait s'il le voyait.

Cet abandon les a rapprochés. Elle a aussi mal vécu les absences à répétition de sa mère. Elle ne peut que comprendre l'état de manque affectif dans lequel il se trouve.

Isabelle a les yeux dans le vague. Marc sent qu'elle ne l'écoute plus. Il attribue son problème de concentration à l'épreuve qu'elle traverse. Il lui prend alors la main et aborde le sujet qui lui tient à cœur.

Il a fait le tour des agences ce matin, et a déniché un très bel appartement au rez-de-chaussée d'un immeuble, dans une rue calme. Ce logement leur conviendra parfaitement. Rénové récemment, il répond aux nouvelles normes pour les personnes handicapées. Si elle est d'accord, il posera une option dessus et prendra un maximum de photos. Comme ça elle pourra le visualiser, en attendant de pouvoir le visiter.

Marc a un enthousiasme communicatif et elle lui sourit à nouveau. Elle ne va pas lui dire maintenant que sa rééducation risque de durer plusieurs mois. Elle trouve aussi qu'il va plutôt vite en besogne. Il oublie un peu rapidement qu'ils sont déjà propriétaires d'un appartement qu'ils n'ont pas fini de payer. Mais c'est tout son homme : ne pas encombrer son esprit avec des détails.

Isabelle retrouve alors la place qu'elle a dans leur couple, un rôle de modérateur, et cela lui fait temporairement oublier ses préoccupations.

*

Fred a quitté la jeune femme, apaisé. Comme la veille, leur conversation lui a redonné espoir. Il arrive désormais à canaliser ses émotions en pensant à sa famille. Le père de

Mélanie a abordé avec Isabelle des sujets intimes, et par instant, a eu le sentiment de débuter une thérapie, avec paradoxalement, quelqu'un qu'il connaît à peine.

En croisant le fiancé d'Isabelle, il n'a pu s'empêcher, d'une façon infantile, de se comparer physiquement à lui et il a dû admettre que Marc était plutôt bel homme.

Depuis son départ de l'hôpital, Fred angoisse à l'idée de demeurer tout seul chez lui un samedi soir. Pour combler sa solitude, il a appelé deux copains qui ont répondu présents. Une fois n'est pas coutume, il a préféré éviter de contacter Patrick, le copain alibi, qui ne lui a pas porté chance ces derniers jours.

À trois, ils ont prévu un cinéma, puis une virée au casino de Lille. Pour Fred, ce sera une première, et il ressent un mélange d'excitation et d'appréhension à l'idée de miser de l'argent. Il s'interroge pourtant sur sa capacité à maîtriser ses pulsions de joueur. Nathalie trouve qu'il dépense inconsidérément. Il a envie de lui prouver qu'il sait garder la tête froide et qu'il peut s'arrêter à tout moment.

Dans tous les cas, il a prévu une méthode imparable pour limiter ses excès potentiels : il a confié à ses copains la mission de l'empêcher de continuer à jouer au-delà d'une certaine somme.

*

Bertrand est vexé par l'attitude de la jeune femme. Il ne s'était pas attendu à ce qu'elle remonte brutalement dans le bus. Manifestement, elle l'avait repéré. Il lui en veut. Avoir dû renoncer à la suivre l'a énervé. Il se fait la réflexion qu'elle ne sait pas ce qu'elle perd.

En la regardant s'éloigner dans le bus, il s'aperçoit que, dans sa hâte, elle a laissé tomber de sa poche la carte de fidélité d'une chaîne de magasins. Elle a même eu l'imprudence d'y inscrire au dos son nom et son adresse. Il sourit et ramasse le document. Finalement, il aura l'occasion de la revoir rapidement. Elle n'habite pas très loin.

En pensant à sa prochaine rencontre avec Astrid, le prénom qui est inscrit sur la carte, son pouls s'accélère et ses mains deviennent moites. Elle va payer, pour ce qu'il considère déjà comme une trahison. Elle a essayé de le semer alors qu'il voulait simplement lui témoigner de l'amour. Maintenant qu'il sait où elle réside, il va l'espionner. Il découvrira ses habitudes et choisira le moment propice pour l'aborder.

*

Nathalie est arrivée avec Mélanie au village de vacances. Le bungalow est petit, mais confortable et bien agencé. Il donne directement sur la plage ce qui lui offre une vue imprenable sur l'océan. Elle est passée à l'accueil réserver des activités pour sa fille et l'a inscrite à un club Mickey. Si le soleil est au rendez-vous, elle pourra en profiter pour se prélasser sur le sable.

Il y a une soirée orientale ce samedi, et elle songe à y aller pour se changer les idées. Rencontrer des gens de son âge est vraiment ce dont elle a besoin !

Le soir, Nathalie tente de joindre Fred avant de se rendre à la soirée. Tout l'après-midi, elle a réfléchi à ce qu'elle va lui dire.

D'un côté, elle n'a pas envie de lui donner l'impression de céder trop facilement. D'un autre côté, elle attend tellement de cet appel. Elle s'interroge sur la réaction de son mari et espère qu'il lui dira ce qu'elle désire entendre. Elle se sent même prête à reprendre la route demain, si c'est le cas. Elle retient son souffle et compose le numéro. Elle aboutit directement sur la messagerie et en ressent une certaine frustration.

La soirée est sur le point de commencer. Mélanie trépigne d'impatience à ses côtés. Elle s'est déguisée en princesse égyptienne. La fillette est pressée de retrouver Léo, le petit garçon dont elle a fait connaissance quelques heures plus tôt.

Nathalie prend la décision de ne pas faire patienter sa fille plus longtemps. Tant pis, elle rappellera son mari. Elle ne laisse pas de message. Elle refera une tentative plus tard.

*

Fred s'est bien amusé avec Simon et Mehdi, ses copains, devant une énième version d'un film de dinosaures qui, à défaut de les avoir fait réfléchir, les a divertis. Quelques monstres de la préhistoire, un pseudo scénario à alibi scientifique et une héroïne sexy, fraîche et pimpante en toutes circonstances, ont suffi à leur bonheur.

Il s'aperçoit, en sortant du cinéma, que sa femme a tenté de le joindre sans laisser de message. Comme elle a insisté pour le contacter elle-même, il ne la rappelle pas mais laisse son portable allumé en mode silencieux.

Fred a utilisé un compte ouvert à son nom pour retirer de l'argent. Il a fixé à cinq cents euros ses besoins pour le casino. C'est une somme importante, surtout pour des loisirs, mais en songeant à l'indemnité qu'il va recevoir d'EPS, il se rassure. Après tout, ce n'est pas tous les jours qu'il a l'occasion de faire la fête.

En entrant dans le casino, les trois compères font le plein de jetons et se dirigent directement vers les machines à sous. Cela les amuse une petite heure, mais après avoir perdu chacun une cinquantaine d'euros, ils ont envie de plus de frisson et se dirigent vers les tables de jeu.

Pour la seconde fois de la soirée, le téléphone de Fred reçoit un appel de Nathalie, mais celui-ci ne s'en aperçoit pas. Au même moment, grisé par l'ambiance des lieux et le deuxième whisky qu'il ingurgite, il est occupé à miser une grosse somme d'argent à une table de black jack, sous les applaudissements de ses deux copains déchaînés.

Une heure plus tard, Fred s'apprête à dépasser la somme prévue. Après avoir flambé les derniers euros en sa possession, il achète à nouveau des jetons pour le même montant qu'à son arrivée. La carte bleue du compte joint, utilisée par erreur, est la première victime de sa frénésie du jeu.

Simon et Mehdi, inquiets, essaient de le dissuader de continuer. En vain. Fred ne veut pas en démordre. C'est son jour de chance. Il ne peut que se refaire et son troisième verre de whisky est là pour achever de l'en persuader !

*

Nathalie est ulcérée. Par deux fois, elle a essayé sans succès de joindre son mari. Il devrait pourtant savoir que cet appel est important pour elle. Il pourrait lui répondre, ou au moins tenter de la rappeler ! Nathalie est pragmatique et se fait vite une raison : Fred a dû profiter de son absence pour faire la bringue. Dire qu'elle a pensé lui manquer, eh bien, elle aussi va profiter de son samedi soir et pas qu'un peu !

La soirée orientale est réussie. Nathalie a fait la connaissance de Franck, le père du nouveau camarade de Mélanie, qui, divorcé depuis peu, cherche comme elle à se changer les idées. Ils ont sympathisé et Nathalie a décidé d'oublier temporairement son mari pour se concentrer sur le moment présent. Au fil des heures, elle a bu plusieurs verres de rosé, et l'alcool aidant, s'est retrouvée envahie par une douce ivresse. Franck a de l'humour et sait jouer avec les mots. La jeune femme rit comme une adolescente en l'écoutant. Nathalie a enfin l'impression de revivre, et ce pour la première fois depuis longtemps !

Il est maintenant plus de minuit. Il est temps de rentrer. Mélanie s'est endormie profondément sur les genoux de sa mère. Franck propose de raccompagner Nathalie jusqu'à son bungalow qui, par un hasard de circonstance, est proche du sien. Elle accepte. Ils mettent tous les deux leur enfant respectif au lit et décident de marcher sur la plage pour prolonger encore un peu la soirée. Cela ne ressemble pas à Nathalie de laisser sa fille seule, mais elle a envie de profiter de la vie après ce qu'elle a vécu. Elle ne s'éloignera pas trop et gardera un œil sur son bungalow au cas où…

Il fait doux. Le ciel est sans nuages. L'odeur d'iode est omniprésente. Une légère brise agite la surface de la mer éclairée par la pleine lune. Les étoiles illuminent le ciel et contribuent à mettre en valeur la beauté du site. La musique de la fête est toujours perceptible et ajoute une note exotique à l'ensemble.

Nathalie profite de l'instant de quiétude qui s'offre à elle. Elle se sent détendue et a remisé les problèmes des derniers jours au fond de son esprit. Elle manque de chuter sur le sable, à cause d'un trou creusé par des enfants. Franck lui tend spontanément la main pour la retenir, et elle le remercie sans la lâcher, hypnotisée par son regard.

Quelque chose que Nathalie ne maîtrise plus est en train de se produire, et quand il se penche pour l'embrasser, elle oublie les raisons qui l'ont conduite en Bretagne et lui rend son baiser.

15

Le dimanche matin, Fred se réveille avec une sévère gueule de bois et il met un certain temps à se souvenir de sa soirée. Dans un flash, il se rappelle ses copains qui le font monter dans la voiture, Mehdi qui prend le volant et Simon qui suit avec sa vieille 207. Et puis après, plus rien. Jusqu'au moment de son réveil dans le canapé.

Il a joué et perdu. Quand le montant de ses pertes au jeu lui revient, il se sent mal. Mille euros, plus d'un demi-mois de salaire, en une seule soirée. C'est n'importe quoi ! Fred a honte de lui. Nathalie ne doit surtout pas savoir. Elle ne comprendrait pas. Le plaisir qu'il a ressenti à la table de jeu le met maintenant mal à l'aise. Il peut déjà être rangé dans la catégorie des joueurs compulsifs. Pour lui, le casino c'est fini !

En songeant à sa femme, il prend son portable. Deux appels en absence. Et il n'a même pas tenté de la recontacter. Ce n'est pas comme cela qu'il va recoller les morceaux. Dix heures, il faut qu'il essaie de la joindre.

*

Nathalie n'allait pas mieux que Fred. Elle se souvenait des dernières heures.

138

Après avoir embrassé Franck, elle avait accepté sa proposition de bain de minuit. Et c'était à partir de ce moment-là que tout avait dérapé…

Elle avait eu le sentiment d'avoir à nouveau vingt ans. Elle, si pudique, avait entrepris de se déshabiller sans l'ombre d'une hésitation. Rapidement dévêtue, elle s'était précipitée dans la mer et avait rejoint Franck qui l'avait précédée. Leurs corps nus, éclairés par la pleine lune, avaient frissonné au contact d'une eau qui ne devait pas dépasser les dix-huit degrés. Après quelques brasses, frigorifiés, ils s'étaient rapprochés et mutuellement frictionnés. Et ce qui devait arriver était alors arrivé. Ils avaient fini par faire l'amour directement dans la mer. Frénétiquement, comme s'ils avaient eu un besoin à combler et du temps à rattraper. Ils avaient ensuite recommencé sur le sable plus lentement, et cette fois, ils avaient pris le temps de se découvrir et de s'explorer, enivrés par le goût du sel sur leur peau.

Son corps rassasié par leurs ébats, elle avait brutalement pris conscience de ce qu'elle avait fait et avait préféré rejoindre son bungalow, en prétextant la fatigue. Elle avait alors planté là Franck, complètement décontenancé par son revirement inattendu.

Quelques instants plus tard, totalement dégrisée, elle s'était tenu la tête dans les mains et s'était demandé comment elle avait pu être aussi faible. Inconsciente, elle avait laissé toute seule sa fille de trois ans dans le bungalow pendant près d'une heure. Et si, pendant qu'elle était sur la plage à batifoler, Mélanie s'était levée et était sortie du logement pour la chercher ?

Et puis, elle culpabilisait aussi à l'intensité du plaisir qu'elle avait ressenti. Elle peinait à l'admettre, mais Franck était un amant exceptionnel, beaucoup plus imaginatif que son mari.

Après coup, elle avait eu la désagréable impression d'avoir été plongée dans un mauvais roman et de ne pas valoir mieux que Fred. Rongée par le remords, il avait fallu plusieurs heures pour s'endormir.

Nathalie est réveillée le lendemain, d'abord par sa fille qui la rejoint dans le lit, puis par la sonnerie du téléphone. C'est Fred ! La gorge serrée, elle décroche, en espérant que le ton de sa voix ne la trahira pas. Elle ignore encore à cet instant que de son côté, son conjoint n'a pas été non plus irréprochable.

Nathalie fond en larmes en l'entendant. Il la supplie de revenir, en lui disant que sans elle, il n'est plus le même. La déclaration d'amour, qu'il lui fait ensuite, la touche, à tel point qu'en raccrochant, elle a le cœur qui palpite et des étoiles plein les yeux. La sincérité des mots qu'il a utilisés, des mots qu'il n'avait plus prononcés depuis des années, l'a profondément troublée. Mélanie la regarde sans rien dire, puis finit par la ramener sur terre par un « j'ai faim ! », répété à plusieurs reprises.

Elle ne met pas beaucoup de temps pour admettre que c'est le moment pour elle de rentrer. Elle ne peut pas rester une minute de plus en Bretagne et risquer de recroiser Franck. Elle sait déjà qu'il suffira qu'il l'effleure pour qu'elle retombe dans ses bras. Rien que d'y penser, elle en frissonne. Mélanie sera déçue, mais la perspective de revoir son père la consolera.

Elle prend alors la décision de fuir un homme, pour la deuxième fois en moins d'une semaine.

*

Bertrand n'a pas l'habitude de lire attentivement le journal. Ses parents l'achètent bien tous les dimanches, mais en général, il ne fait que le survoler en s'attardant sur les pages sportives.

Quelle n'est pas sa surprise de découvrir, en page sept du quotidien régional, un portrait-robot lui ressemblant étrangement, avec un titre sans équivoque : « *Connaissez-vous cet homme ?* ». Le journal précise que, dans le cadre d'une enquête sur l'agression d'une jeune femme, un individu potentiellement dangereux est recherché. Un dessin accompagne le commentaire.

Pas de doute possible. Il s'agit de lui. Endroit, date, heure, tout correspond. Ainsi, quelqu'un l'a vu ! Il était pourtant certain qu'elle l'avait à peine regardé. Comment la police a-t-elle pu parvenir à faire de lui un portrait aussi fidèle ? Il examine attentivement le visage dessiné et se rassure un peu. Le nez est différent du sien. C'est surtout le haut du visage qui concorde. Il doit quand même faire disparaître l'article. Rentrés la veille de vacances, ses parents risquent d'être troublés en constatant la ressemblance avec leur fils. Pour une fois, il a été bien inspiré de se lever avant son père.

Bertrand déchire la page et la chiffonne avant de la glisser dans sa poche. Il doit trouver une parade pour éviter d'être reconnu trop facilement. Avec des lunettes de soleil et une casquette, ça pourrait suffire. Il faut maintenant croiser les doigts, pour qu'en lisant le journal les personnes qui le connaissent ne fassent pas le rapprochement avec lui. À cette idée, il perd de son assurance. Jusqu'alors, il a eu le sentiment d'agir en toute impunité, sans envisager une seule seconde la possibilité d'être arrêté.

Dans son esprit, il considère que l'importance donnée à cette affaire est disproportionnée. Après tout, il les a à chaque fois à peine touchées, et si la dernière est tombée, il n'y est pour rien. C'est bien elle qui a basculé toute seule.

Malgré l'étau qui se resserre, Bertrand continue à être obsédé par la vision d'Astrid, la jeune femme qu'il a suivie quelques heures plus tôt. Il n'a rien de prévu ce matin et savoir où elle vit l'aidera à combler son besoin viscéral de la revoir. Il a repéré l'adresse sur Internet. En plus, ce n'est pas très loin de chez lui.

Avant de sortir, il se regarde dans la glace et ajuste ses lunettes aviateur. Par chance, il réussit à éviter ses parents.

Il décide de prendre le bus. C'est plus commode pour se déplacer en ville et cela lui évitera la délicate marche arrière pour sortir la voiture du garage - piètre conducteur, il a accroché le rétroviseur quelques semaines auparavant en tentant la manœuvre, et sa mère, la véritable propriétaire du véhicule, n'a pas vraiment apprécié -. Personne ne prête attention à lui dans les transports en commun, ce qui le rassure et le conforte dans la pertinence de son « déguisement ».

Une demi-heure plus tard, Bertrand se retrouve dans un quartier résidentiel, d'une commune proche de Roubaix. En ce dimanche matin, les rues sont désertes. Il identifie aisément le numéro de la maison et scrute les fenêtres, dans l'espoir de l'entrevoir. Il envie le jardin bien entretenu. Il a l'impression d'être dans un autre monde, très éloigné de celui dans lequel il vit. Il s'apprête à repartir, quand soudain il la voit sortir de chez elle. Il n'a que le temps de se baisser pour feindre d'attacher son lacet, et elle passe à côté de lui sans le remarquer.

Bertrand a entrepris sa mutation. L'adolescent attardé timide est devenu un chasseur qui a localisé sa proie. Il ne lui reste plus qu'à aborder Astrid pour obtenir ce qu'il veut. Il doit seulement se montrer patient et évaluer le moment opportun. Car cette fois, il est hors de question qu'elle lui échappe !

*

En s'apercevant que Nathalie a quitté son bungalow, Franck ne comprend pas. Il n'a quand même pas rêvé leurs étreintes de la veille, tendres et passionnées. Après coup, c'est vrai qu'il l'a senti perturbée, quand elle a prétexté la fatigue pour rejoindre son logement, mais pas au point de prendre la décision de reprendre la route si vite.

Il ne supporte pas le départ soudain de Nathalie et veut lui parler de vive voix pour qu'elle s'explique. Franck est du genre tenace et connaît suffisamment la personne qui travaille à l'accueil pour réussir à obtenir le numéro de Nathalie indiquée sur la fiche d'inscription.

Après avoir eu facilement l'information, il essaie de joindre la jeune femme, mais celle-ci, encore sur la route, ne décroche pas. Franck souhaite avoir une conversation avec elle. Il ne laisse donc pas de message et décide de la rappeler plus tard.

*

L'inspecteur Delattre découvre l'information dans le journal, en prenant son petit déjeuner. Il n'est pas de service ce jour-là, mais est surpris de constater que le portrait-robot de l'agresseur y figure déjà.

La veille, il est passé rapidement à l'hôpital pour montrer le portrait à Isabelle Pelissier qui n'a pu qu'admettre la ressemblance. Il a alors pris la décision, avec l'accord du procureur, d'une diffusion simultanée sur les réseaux sociaux de la police et par voie de presse.

Michel se réjouit. C'est une aubaine que le dessin soit déjà publié dans le journal. Le dimanche est le jour de la semaine où le quotidien est le plus lu. Il sait aussi que la presse écrite touche en général un lectorat plus âgé, souvent plus observateur.

En regardant le portrait, son enthousiasme retombe un peu. Cela ne lui avait pas sauté aux yeux au premier abord, mais il a devant lui un visage banal qui peut correspondre à des milliers de personnes. Si un afflux d'appels arrive au commissariat, les vérifier ne sera pas simple, et pourtant il y a urgence, car il pressent que sur ce dossier le risque de récidive est grand.

Querelles de voisinage, jalousie entre collègues de travail, problèmes familiaux, il sait par expérience que ce type de diffusion fait souvent l'objet des appels les plus divers qui ont l'inconvénient de retarder l'identification du véritable coupable. Il aura nécessairement besoin d'une part de chance pour parvenir à boucler l'enquête.

Si le portrait-robot ne débouche sur rien, il lui restera la piste de l'ivresse sur la voie publique. C'est mince, mais il conserve l'espoir. Le brigadier Petit doit débuter les recherches dès lundi. Il en attend beaucoup.

*

Isabelle a le moral. Elle va enfin pouvoir prendre une douche. Elle n'a plus qu'une journée à attendre. Depuis près d'une semaine qu'elle est hospitalisée, son manque d'autonomie l'exaspère. Même si les infirmières l'aident à faire sa toilette, elle a envie de reprendre le contrôle de son hygiène et souhaite à nouveau soigner son apparence. Aussi, la perspective de recouvrer un semblant de vie normale, ne serait-ce qu'en sentant l'eau s'écouler sur sa peau, lui redonne le sourire.

Progressivement, elle retrouve l'usage d'une partie de son corps. Un médecin le lui a confirmé. La paralysie ne commence qu'au niveau du genou. Pour elle, cela veut dire beaucoup. Elle commence à se faire à l'idée qu'elle pourra conserver une sexualité active et fonder une famille.

Elle a demandé à Fred de ne pas venir à l'hôpital aujourd'hui. Son père a enfin réussi à joindre Mathilde, qui a insisté pour venir la voir. Elle appréhende sa venue. La confrontation risque d'être difficile, d'autant que cela fait plusieurs semaines qu'elle ne l'a pas vue. Elle risque d'avoir droit à des « Oh, ma pauvre chérie ! » et à des commentaires mielleux, qui feront tout, sauf lui remonter le moral. Elle s'attend à tout venant de sa mère, mais elle espère surtout ne pas avoir à supporter son petit ami du moment.

Isabelle pense que Marc s'assurera du départ de sa future belle-mère avant de venir. Avec Mathilde, le courant n'est jamais vraiment bien passé.

16

Nathalie a parcouru plus des deux tiers de la route. L'après-midi est déjà bien entamé. Elle est pressée d'arriver, et pour ne rien arranger, la pluie a commencé à tomber.

Pour la dernière partie de son parcours, Nathalie a pris l'option d'emprunter les départementales plutôt que l'autoroute, mais elle se demande si elle a réellement fait le bon choix. La circulation est dense, les petits villages et la campagne picarde n'en finissent pas, et les effets de sa courte nuit commencent à se faire sentir. Elle s'est vraiment compliqué la vie. Continuer sur l'autoroute aurait été plus rapide et plus sûr. Elle lance un regard rapide dans le rétroviseur. Sa fille somnole à l'arrière, la tête appuyée sur son doudou. Nathalie envie son innocence. Si tout était si simple !

Dans l'état de fatigue où elle se trouve, son esprit vagabonde de Fred à Franck. Elle se dit qu'elle doit tourner la page de son aventure d'un soir avec Franck. Finalement, elle le connaît à peine.

Elle a maintenant pris la décision de retourner à son domicile. Elle doit revenir à la raison.

Mais ce que sa pensée rationnelle essaie de repousser au plus profond de son esprit, son corps a beaucoup plus de mal à l'oublier, car à chaque fois qu'elle repense à son amant d'un soir, elle sent une vague de chaleur se propager en elle.

Non, il faut qu'elle se calme !

Elle doit maintenant se recentrer sur son couple. Elle doit penser aux mots que Fred lui a dits au téléphone, à la tendresse qu'il a su insuffler dans leur dernier échange, aux paroles prononcées qui l'ont émue jusqu'aux larmes.

En plein dilemme émotionnel, Nathalie arrive pratiquement à hauteur d'Amiens. Encore un peu moins de deux heures de route et elle sera rentrée chez elle. Malgré son envie de retrouver son mari, elle s'interroge sur l'attitude à adopter. Elle refuse toujours de lui pardonner aussi facilement, en dépit de leur dernière conversation pleine de promesses. D'un autre côté, elle n'a pas été non plus d'une grande exemplarité.

Ah non, elle ne va pas culpabiliser. Son mari la trompait depuis six mois, alors qu'elle, c'est le désespoir qui l'a placée dans les bras d'un homme, et puis cela n'a duré qu'un soir !

Pour se changer les idées, elle enclenche dans le lecteur un CD des Beatles. Et cette fatigue qui ne la quitte pas. Elle commence à fredonner le refrain d'un vieux tube. Le ciel est de plus en plus sombre, ce qui l'oblige à allumer les phares.

Des trombes d'eau se mettent brutalement à s'abattre sur la voiture. La visibilité est réduite d'un seul coup, et très vite, les essuie-glaces peinent à évacuer la pluie.

Au moment où Nathalie songe à s'arrêter sur le côté de la route, la sonnerie de son portable retentit pour la deuxième fois. Toujours ce même numéro qui ne lui dit rien. Et si c'était Franck ? Ses bonnes résolutions s'évanouissent, et dans le doute, elle ne peut s'empêcher de tendre la main pour prendre la communication.

À cet instant, un des rares camions, autorisés à circuler le dimanche, est surpris par un ralentissement qui l'oblige à piler devant elle. Déconcentrée, elle freine avec un temps de retard et donne un brusque coup de volant sur le côté pour l'éviter.

Tout s'enchaîne alors très vite. Son véhicule fait une embardée, sort de la route, dévale une pente, et après plusieurs tonneaux, s'immobilise dans un champ sur le toit. Pendant un instant le silence règne à l'intérieur, puis un léger bruit se fait entendre. Le lecteur CD s'est remis en marche.

L'accident ne passe pas inaperçu. Les premiers automobilistes s'arrêtent pour observer ou prendre des photos avec leur téléphone. Quelques-uns tentent de secourir les blessés.

Marcel, un ancien militaire, est le premier sur les lieux. Il prend l'initiative d'appeler les secours. La pluie redouble alors de violence. Le moteur a calé. Tout risque d'incendie ou d'explosion semble écarté. Par précaution, il dévisse quand même le bouchon d'essence et se risque à jeter un coup d'œil dans l'habitacle. Il distingue deux personnes. Une femme et un enfant. Heureusement, encore maintenus par leur ceinture, la tête en bas. Aucun mouvement n'est perceptible. Tout est silencieux, si ce n'est une musique assourdie provenant de l'intérieur. Il reconnaît le titre de la chanson - Help -, curieusement adapté à la situation.

Marcel empêche les curieux d'approcher et se prépare à l'arrivée des pompiers. Il a alors le sentiment qu'essayer de déplacer les blessés serait pire que mieux.

À quatre cents kilomètres de là, désappointé, Franck met fin une nouvelle fois à son appel. Il ne désespère toujours pas de parvenir à parler à Nathalie. Mais contrairement à la première fois, il n'en reste pas là et laisse un message.

*

- Ma pauvre chérie, comment te sens-tu ? Ton père m'a raconté. Tu n'as vraiment pas eu de chance. D'un autre côté, ça aurait pu être encore pire !

Mathilde, la mère d'Isabelle est à peine arrivée qu'elle exaspère déjà sa fille.

- Hein Serge, ce n'est pas toi qui m'as parlé d'une femme qui est restée complètement paralysée, après une chute du même genre ?

- Maman, s'énerve Isabelle excédée, tu es censée me remonter le moral. Je n'ai pas envie que tu me décrives la vie de toutes les personnes handicapées que tu connais ! Je vais avoir largement le temps de m'y faire, et puis j'aimerais te parler seule, si ça ne dérange pas Serge.

- Euh oui, bien sûr, je vous laisse ! Je t'attends dans le couloir, ma chérie.

Serge sorti, Isabelle explose.

- Mais où as-tu encore trouvé ce gugusse, tu étais vraiment obligée de l'amener ? Ça fait plus de trois mois que je ne t'ai pas vue, tu aurais pu venir seule. Et si tu veux savoir, avant d'être clouée dans ce lit, j'avais prévu de me marier. J'aurais bien aimé que tu t'y intéresses, mais tu n'as même pas fait l'effort de me contacter pour confirmer ta venue.

- Tu es injuste. C'était pour moi l'occasion de te le présenter. Je l'aime, tu sais ! Et puis, j'ai vraiment voulu t'appeler pour confirmer ma présence, mais tu sais ce que c'est, on remet et puis on finit par oublier.

- Mais c'était mon mariage, on n'oublie pas le mariage de sa fille unique !

Les discussions entre Isabelle et Mathilde ne sont jamais très longues. En général, elles se terminent toujours rapidement par des pleurs et des claquements de porte.

Dans le cas présent, la situation a changé. Isabelle est immobilisée et ne veut plus remettre la conversation qu'elle aurait dû avoir depuis longtemps avec sa mère. Elle veut crever l'abcès, une bonne fois pour toutes, et n'a aucunement l'intention de l'épargner.

- J'étais en vacances en Tunisie avec Serge. J'ai eu ton faire-part très tard, mais il est évident que je ne pouvais pas manquer ton mariage, ma chérie.

- Un simple coup de fil aurait suffi. Comme toujours, tu n'as pas pris le temps. Je n'arrive même pas à me souvenir à quand remonte la dernière fois que tu as pris le temps d'avoir une véritable conversation avec moi. Tiens, un exemple : sais-tu où je travaille et connais-tu le métier de Marc ?

- Mais bien sûr. Tu sais, je ne pensais pas que tu étais autant affectée par mes absences, mais tu me connais, je n'ai jamais réussi à rester en place.

- Maman, réponds à ma question !

- Euh, si ma mémoire est bonne, tu travailles dans une librairie, et Marc, il bosse à Pôle Emploi, je crois.

- Perdu, je suis assistante de direction dans une imprimerie et Marc est consultant dans un cabinet de recrutement !

- Mais enfin, je ne comprends pas pourquoi tu en fais tout un plat, c'est presque la même chose.

- Oui, presque ! C'est comme toi. Tu es presque dans cette chambre, mais en réalité, tu es ailleurs. Tu ne m'as même pas demandé ce que je comptais faire, maintenant que mes jambes ne fonctionnent plus.

- Tu n'es pas juste ! Tu sais bien que tu es ma fille chérie et que je t'aime.

La discussion s'enlise, comme d'habitude. Isabelle a toujours voulu connaître les raisons qui ont amené sa mère à être aussi distante avec elle. Ce quasi-abandon qui a eu pour conséquence de la laisser seule avec un père, plus préoccupé par sa carrière politique que par sa fille.

Pourquoi les conversations avec Mathilde restent-elles toujours aussi superficielles ? Isabelle sait que l'occasion qui se présente à elle est unique et qu'il faudra du temps pour qu'elle se répète. Alors, elle prend son courage à deux mains, et pour la première fois, pose à Mathilde toutes les questions qui lui brûlent les lèvres depuis tant d'années. Sa mère, poussée dans ses retranchements, quitte le masque qu'elle s'est toujours donné et lui répond avec des élans de sincérité qu'elle ne lui connaissait pas.

Isabelle découvre une autre Mathilde. Une épouse trompée qui a souffert en silence des nombreuses infidélités de son mari. Un véritable échange débute alors entre les deux femmes, et très vite, Isabelle et Mathilde découvrent des points communs qu'elles n'auraient jamais imaginé avoir : leur goût pour les fruits de mer, les livres, la randonnée, leur peur de s'engager. Les minutes passent, et elles se rendent compte que toutes les deux ont envie de prolonger l'instant.

Serge est la première victime collatérale de leur nouvelle complicité, si on excepte la machine à café déjà sollicitée trois fois. Une façon de tester l'amour qu'il porte à Mathilde, en quelque sorte. Celle-ci qui, justement, ouvre la porte de la chambre pour lui demander de patienter encore un peu. Serge a compris. Le couloir de l'hôpital sera son compagnon de route pour encore de très longues minutes.

*

La pluie a cessé. Les sauveteurs s'affairent autour de la voiture. L'intervention a été rendue difficile par la situation de la Twingo sur le toit, en contrebas de la route. Les pompiers ont commencé par sécuriser la zone et ont ensuite sorti les corps, toujours inanimés, de Nathalie et de sa fille.

Mélanie est revenue à elle assez vite et a immédiatement réagi en pleurant et en réclamant sa mère. Malgré la violence du choc, son siège auto a parfaitement rempli son rôle et l'a préservée. Elle s'en sort, miraculeusement, sans une égratignure. Le médecin-urgentiste présent a tout de même préféré la placer en observation dans l'hôpital le plus proche.

Pour sa mère, la situation est plus préoccupante. Sous le choc, l'airbag s'est déclenché et la vitre côté conducteur a explosé, projetant sur Nathalie des éclats de verre. Le cuir chevelu entaillé, elle a saigné abondamment et n'a toujours pas repris connaissance, malgré les soins prodigués. Son état est jugé sérieux et le risque d'hématome intracrânien n'est pas à écarter. Le pouls est également faible. Il n'y a plus de temps à perdre. Elle est chargée dans une ambulance qui démarre aussitôt, sirène hurlante.

Un des gendarmes sur place met la main sur le portable de Nathalie à l'intérieur de l'habitacle. Par miracle, il n'est pas verrouillé. En examinant le répertoire, il trouve le numéro du mari et le compose. Fred décroche quasi instantanément. Quand il comprend ce qui vient de se produire et prend conscience de l'état de sa femme, son visage se décompose.

Pourquoi le sort s'acharne-t-il sur lui ? Il n'a pas beaucoup de temps pour se poser la question. Après un instant de flottement, il reprend rapidement le contrôle de lui-même et note les coordonnées de l'hôpital. Il se précipite vers sa voiture et se met en route immédiatement.

Des images continuent à se bousculer dans sa tête. Fred a l'impression que sa vie part en lambeau. Moins d'une semaine plus tôt, il avait une existence bien ordonnée, avec des repères bien établis entre sa famille et sa maîtresse, et il a suffi d'un malheureux concours de circonstances pour que tout bascule.

17

En cette fin d'après-midi, Bertrand a rejoint des copains et traîne au café, en attendant l'heure d'une séance de cinéma.

Depuis peu, il a réduit sa consommation d'alcool. Il en a rapidement ressenti les effets. Il est devenu plus sûr de lui. Il a également constaté qu'il contrôlait mieux son débit de parole, et son bégaiement s'en est trouvé atténué.

Il a consacré, une partie de la matinée de son dimanche, à suivre la jeune femme repérée au centre commercial. L'excitation, provoquée par la traque, l'a transformé et lui a donné l'impression d'avoir trouvé un sens à sa vie. Cette sensation nouvelle est plus forte que tout ce qu'il a pu éprouver auparavant, devant un jeu vidéo ou un film. À la différence, il se trouve maintenant dans un monde réel et non plus virtuel, ce qui n'est en rien comparable.

Bertrand en a appris un peu plus sur Astrid.

Elle vit dans une maison d'un quartier résidentiel avec son compagnon, et ils forment tous les deux un couple qui n'a visiblement pas de problèmes de fin de mois. Elle n'a pas l'air d'avoir d'enfant et se déplace peu en voiture. Elle préfère marcher ou utiliser les transports en commun.

La rue où elle vit est peu fréquentée, mais son quartier abrite une majorité de retraités, ce qui l'obligera à être vigilant. Le troisième âge a la réputation d'être observateur, et il doit absolument éviter de se faire remarquer. La diffusion du portrait-robot risque également de compliquer sa tâche. Il va devoir modifier son apparence. À oublier, la casquette et les lunettes de soleil trop repérables. Il doit continuer à épier Astrid pour connaître ses horaires de travail. Un renfoncement, à côté de chez elle, lui permettra d'aborder ensuite sa future victime quand il sera prêt.

Tout à ses réflexions, il n'entend pas son meilleur copain, Maxime, lui proposer une autre bière. Quand Bertrand comprend l'offre, il refuse. Maxime le regarde alors avec des yeux ronds. C'est bien la première fois que son ami se limite à deux verres. « Il est bizarre, en ce moment », pense-t-il, sans plus s'inquiéter.

Pourtant, si Maxime avait eu la capacité de réaliser sur quelle voie Bertrand était en train de s'engager, il aurait davantage prêté attention à l'évolution du caractère de son ami.

*

Mathilde vient de quitter sa fille. Toutes les deux ont enfin eu la discussion différée depuis si longtemps. Pourquoi ont-elles attendu toutes ces années ? La culpabilité, en ce qui la concerne, ou peut-être la peur de décevoir une nouvelle fois. La réalité est sans doute plus complexe. Leurs rapports n'ont jamais été simples.

Quand elle se retrouve dans le couloir, elle s'aperçoit que Serge ne l'a pas attendue. Pas de message sur son téléphone. Rien. Il aurait quand même pu lui indiquer où le rejoindre.

Toujours en mouvement, elle a pris l'habitude de vivre à l'hôtel. Son métier de traductrice free-lance s'en est toujours bien accommodé. Elle décide ne pas se prendre la tête. Il doit sans doute l'attendre dans la chambre. Mais ce qu'elle pensait être de l'amour en prend un coup.

- Il n'était quand même pas obligé de partir comme un voleur, se dit Mathilde, désabusée !

Fâchée, elle n'essaie même pas de le contacter.

Curieusement, après réflexion, elle n'est pas aussi affectée par son absence qu'elle se l'imaginait. Il est temps qu'elle reprenne sa vie en main et se fixe des nouvelles priorités. Mathilde prend la décision de passer plus de temps avec sa fille. Elle n'a pas envie de casser le lien qui vient tout juste d'être rétabli. Elle a également le sentiment qu'elle peut l'aider à accepter plus facilement son handicap.

De son côté, Isabelle rayonne. Jamais dans ses rêves les plus fous, elle n'a imaginé pouvoir se rapprocher si vite de sa mère.

Toute sa jeunesse, elle a souffert de cet éloignement. C'est désormais sous un jour nouveau qu'elle voit Mathilde, et reconnaître qu'il a fallu cette agression pour lui ouvrir les yeux la met maintenant un peu mal à l'aise.

Ainsi, son père lui a délibérément caché la raison de leur séparation et a fait endosser tous les torts à sa mère. Elle n'en revient pas. Mathilde lui a même avoué qu'il avait commencé à la tromper, moins d'un mois après leur mariage. Que Mathilde ait fini par craquer, après trois ans de vie commune, n'a finalement rien de surprenant. Mais pourquoi, dans ce cas, ne l'a-t-elle pas emmenée avec elle ?

Le regard qu'elle porte sur son père s'en trouve écorné. Son père qu'elle a chéri, enfant, avec lequel elle a entretenu des rapports conflictuels par la suite, mais qu'au fond d'elle-même, elle a continué à aimer. Tout ce sur quoi elle s'est construite ne serait donc que mensonges ?

Et dire que pendant toutes ces années, il a endossé le rôle du père lâchement abandonné par son épouse. Isabelle tombe de haut. Elle a le sentiment d'avoir été manipulée. Elle s'est bien doutée qu'il était un coureur de jupons, mais elle a attribué son comportement à un besoin maladif de séduire et ne s'est pas davantage posé de questions.

Isabelle ne s'explique toujours pas pourquoi sa mère est partie sans elle. Après la conversation qu'elle a eue avec elle, il y a quelque chose qui la chiffonne. Une zone d'ombre demeure. Elle va encore devoir éclaircir ce point. Mathilde lui a promis de revenir. Elle pourra à nouveau aborder le sujet.

Elle repense brutalement à Marc. Elle lui avait promis de l'avertir du départ de sa mère ! Il doit se demander pour quelle raison elle met autant de temps à le rappeler. D'un autre côté, elle ne s'attendait pas non plus à avoir une discussion de plusieurs heures avec Mathilde !

*

Une heure et demie s'est écoulée depuis l'appel de la gendarmerie. Fred se gare sur le parking des urgences du centre hospitalier d'Amiens.

Il a parcouru le trajet dans un état second, rongé par la culpabilité et s'imaginant le pire. Nathalie morte ou plongée dans un coma sans issue. Mais comment a-t-il pu en arriver là ? Tout ça à cause d'une liaison stérile, à laquelle il s'apprêtait à mettre fin. Heureusement au moins que les nouvelles pour Mélanie sont rassurantes !

Il se précipite à l'accueil des urgences. Il jette un coup d'œil à droite, en entrant. La salle d'attente est bondée. Il patiente, fébrile, avant de pouvoir accéder au guichet. Une hôtesse l'informe, d'un air las, que sa femme et sa fille ont été admises une heure plus tôt, et lui demande de remplir des documents administratifs. Un médecin va le recevoir pour lui donner des informations sur leur état de santé.

Fred se rend dans la salle d'attente et se choisit un siège en retrait. Un concert de plaintes et de chuchotements l'accueille à son arrivée. Il y a là toute une population cosmopolite qui attend déjà. Des personnes de tous âges et de toutes les classes sociales. À côté de lui, une mère avec un bébé dans les bras a toutes les peines du monde à calmer les pleurs de son enfant.

Il patiente quelques dizaines de minutes qui lui paraissent une éternité. Au fur et à mesure que les minutes s'égrènent, sa nervosité ne fait qu'empirer. Il ronge ses ongles, en fixant obstinément le mur blanc devant lui. Il met un petit moment pour s'apercevoir que quelqu'un appelle son nom. Une praticienne, d'une quarantaine d'années, tente d'attirer son attention.

-Euh, oui, c'est moi ! s'entend-il répondre mécaniquement, en levant la main comme un collégien.

- Monsieur Godot, bonjour ! Docteur Françoise Lefebvre. Suivez-moi dans ce bureau. Nous serons plus au calme.

Fred lui emboîte le pas, en se préparant au pire. Si elle veut s'isoler pour lui parler, c'est qu'il est arrivé quelque chose de grave à sa femme. Il se représente, brièvement, Nathalie sans vie, et son visage se contracte sous l'effet de la tension.

- Je ne vais pas vous laisser vous morfondre plus longtemps. Tout d'abord, votre fille va bien. Elle reste en observation cette nuit, mais c'est plus par principe. Elle n'a rien, à peine une petite coupure. Concernant votre épouse, elle est arrivée chez nous encore inconsciente. Nous avons d'abord pensé à un traumatisme crânien, mais les examens sont rassurants. Elle a depuis ouvert les yeux et elle réagit normalement aux stimuli. Elle a vraiment eu beaucoup de chance. Elle en sera simplement quitte pour quelques jours d'hospitalisation et un bandage sur la tête pendant deux semaines.

- Je peux la voir ? demande immédiatement Fred soulagé.

- Bien sûr, mais vous ne pourrez pas rester longtemps. Elle est fatiguée et a besoin de se reposer. Je vais demander à une infirmière de vous conduire à sa chambre. Vous pouvez, si vous le désirez, passer la nuit dans la chambre de votre fille.

- Oui, c'est ce que je compte faire. Merci beaucoup !

- Ce n'est rien. Et n'hésitez pas à me demander, si vous avez besoin d'autres informations. Vous pouvez récupérer les affaires de votre épouse à l'accueil, mais ce n'est pas urgent. Je vais d'abord vous laisser la voir. Attendez ici, une infirmière va venir vous chercher.

Fred n'en revient pas. Nathalie est vivante et elle n'a que des blessures bénignes. Les larmes lui montent aux yeux. D'un seul coup, il est libéré du stress qui ne l'a pas quitté depuis l'appel du gendarme. Il se surprend à sourire. Finalement la vie n'est pas si moche, mais il passe décidément beaucoup trop de temps dans les hôpitaux ces temps-ci.

Quand il est conduit à la chambre de sa femme et qu'il la découvre, il sent son cœur se serrer. Elle a un bandage autour de la tête, qui la fait paraître encore plus vulnérable. Elle a les yeux fermés et n'a pas l'air de souffrir. Plusieurs perfusions sont reliées à son bras. Il regarde autour de lui. La pièce a été repeinte depuis peu et elle est plutôt spacieuse. Il est soulagé de voir qu'on lui a accordé une chambre particulière. Ne voulant pas la réveiller, il l'embrasse délicatement sur la joue.

Il l'observe un instant se reposer, sans pouvoir échanger une parole avec elle, et décide ensuite de rejoindre

Mélanie. Elle doit l'attendre, et du haut de ses trois ans, ne rien comprendre à ce qui lui arrive.

Avant cela, il se dirige vers l'accueil pour récupérer les affaires de son épouse. On lui remet un grand sac plastique. À l'intérieur, il découvre le sac à main, le portable et les vêtements de sa femme. Grossièrement découpés, sans doute pour faciliter les examens. Parmi ceux-ci, il reconnaît la lingerie sexy qu'il a offerte à Nathalie à l'occasion de son dernier anniversaire. Malheureusement, déchirée à grands coups de ciseaux. Il est flatté que sa femme ait justement choisi ces sous-vêtements pour le retrouver. Il songe avec regret, au plaisir qu'il aurait mis à lui ôter. Enfin, tout aurait dépendu de la chaleur de leurs retrouvailles !

En se dirigeant vers la chambre de Mélanie, il retire du sac plastique le portable de Nathalie et le range machinalement dans une poche de son blouson. Il s'aperçoit alors que, dans sa hâte, il est parti de chez lui en ne prenant aucune affaire de rechange ni trousse de toilette. Il n'y a pas pensé plus pour son épouse que pour sa fille. Il faut dire que, quand il a quitté la maison, il n'avait pas vraiment la tête à ça.

Bah ! Il s'en occupera demain, et à y réfléchir, il se chargera aussi de la voiture accidentée. Normalement, il devrait découvrir à l'intérieur la valise de Nathalie, avec ce qu'il faut pour toutes les deux !

Le plus important dans l'immédiat, c'est Mélanie.

Elle l'attend, assise sur son lit. L'infirmière qui l'a prise en charge lui a prêté un livre pour enfants, avec les animaux de la ferme, dont elle regarde distraitement les images.

Quand elle voit son père, son visage s'illumine et elle court l'embrasser.

Avec ses mots de petite fille, elle lui explique l'accident, la voiture sur le toit, la pluie, les lumières de l'ambulance, et puis son arrivée à l'hôpital. Tout le monde a été gentil avec elle. Et puis, c'est une grande. Elle n'a presque pas pleuré. Mais maintenant, elle veut voir sa maman.

Fred couvre sa fille de baisers et ne peut retenir ses larmes, pour la seconde fois de la soirée. Il y a plusieurs jours qu'il ne l'a pas vue, et il se rend compte à quel point elle lui a manqué. Elle rit aux éclats quand il commence à la chatouiller, en lui lançant des « Arrête, Papa ! » pas très convaincants. Il lui explique qu'elle pourra voir sa maman, avec lui demain, quand elle se réveillera.

- Un dodo et tu la verras ! Est-ce que tu as déjà mangé ?

- Non, j'ai pas encore mangé. La dame a dit qu'elle va bientôt venir avec des pâtes et de la viande. Et du Ketchup !

- C'est bon, tout ça. Tu en as de la chance. Tu veux que je te raconte le livre que la dame t'a prêté ?

- Oh oui ! Et tu peux faire la voix des animaux ? J'aime bien. Ça me fait trop rigoler !

Et en parlant avec sa fille, de tout et de rien, il n'ose imaginer la voix qu'il aurait dû adopter, si l'accident avait été fatal à sa maman.

18

En ce lundi matin, le commissariat est calme.

L'inspecteur Delattre est déçu. Les témoignages crédibles et exploitables qui lui sont parvenus ont été peu nombreux. Preuve que la diffusion d'un portrait-robot n'est pas toujours la panacée. Si on excepte les commentaires racistes ou injurieux, il doit avouer qu'il n'a pas grand-chose à se mettre sous la dent. À peine une dizaine d'appels ou de messages. C'est peu. Il ne lui faudra pas plus d'une heure pour les contrôler.

La vérité est que l'agresseur est banal et ne possède pas de signes distinctifs susceptibles d'attirer l'attention. Michel doit admettre que l'enquête piétine et il a conscience que, sans résultats rapides, il aura du mal à justifier le temps passé sur l'affaire. Il n'est quand même pas à la recherche d'un tueur en série ou d'un braqueur de banques !

La pression s'est un peu relâchée et le commissaire semble être passé à autre chose. Il faut dire que depuis quelques jours une série d'attaques à main armée de supérettes monopolise toute son attention.

Michel sait qu'il ne pourra plus utiliser le brigadier Petit pour l'aider dans ses recherches encore très longtemps. Les effectifs disponibles sont rares et chers, d'autant plus en période estivale. Il lui faut trouver une piste, si ténue soit-elle, dès aujourd'hui. Et puis, dans le cas contraire, le premier adjoint aura beau exiger des résultats tangibles, à l'impossible

165

nul n'est tenu. Des faits divers de ce type à Roubaix, il y en a quasiment tous les jours. Même si, la plupart du temps, les conséquences sont moins dramatiques.

Michel doit se ressaisir. Il sent que sa motivation pour l'affaire est en train de s'émousser. Il revoit la victime immobilisée sur son lit d'hôpital et se dit que, ne serait-ce que pour elle, il a le devoir d'attraper le salopard qui a fait ça. En plus, c'est un individu qui récidivera. Il en est sûr.

Le brigadier Philippe Petit a peu dormi. Les ronflements de sa femme l'ont tenu éveillé une partie de la nuit. Le travail de recherche que lui a confié son supérieur hiérarchique ne l'emballe guère.

Il commence sa journée par s'informer auprès de ses collègues sur les événements du week-end. Encore un braquage. Et d'un Aldi, cette fois-ci. C'est le quatrième en une semaine. Toujours le même mode opératoire. Une enquête intéressante, au moins ça !

Il prend un café et allume son ordinateur.

Il opère d'abord une sélection parmi les interpellations pour ivresse sur la voie publique recensées sur les six derniers mois. Sexe : « masculin », âge : « une vingtaine d'années », type : « européen », cheveux : « noir », signe distinctif : « aucun ».

Au fur et à mesure qu'il affine sa recherche, la liste se rétrécit. Il lui reste une cinquantaine de noms. Il imprime les fiches.

Il lui faut encore éplucher les photos des gardés à vue figurant dessus, pour essayer de trouver une éventuelle correspondance avec le portrait-robot. Mais Philippe n'y croit pas trop. Il a hâte d'en finir avec cette affaire, pour pouvoir tourner la page.

Quand il arrive au cas d'un dénommé Rivaldi Bertrand, interpellé trois mois plus tôt, en train de briser la vitre d'un abri de bus, il n'a pas de réaction devant la photo. Comme il ne s'agit même pas d'une agression, il passe à la fiche suivante. Encore dix noms à vérifier, et il en aura fini. Il s'accordera alors une pause méritée, d'autant qu'il commence à ressentir les effets du manque de sommeil.

Dans le bureau voisin, l'inspecteur Delattre n'a pas perdu son temps. Il a appelé les personnes qui se sont manifestées et n'a conservé que deux témoignages, dont celui d'une certaine Astrid Rompart qui a éveillé sa curiosité. Pour elle, le portrait ressemble fortement à une personne qui l'a suivie samedi dernier. Il se rendra chez elle ce soir pour obtenir plus de précisions, mais de toute évidence, cela pourrait bien être leur homme. Et si la chance lui souriait enfin !

Content de lui, il s'apprête à sortir acheter un sandwich, quand il la voit entrer. Il la reconnaît immédiatement : Sidonie Bazec. Une femme qui passe difficilement inaperçue.

Il l'a interrogée dans le cadre de l'affaire Pelissier et il est tombé sous son charme. C'est d'ailleurs son témoignage qui a permis la réalisation du portrait-robot. Elle demande à lui parler. Il lui est venu une idée et elle voudrait lui soumettre.

Compte tenu de l'heure, Michel lui propose à nouveau de déjeuner avec elle et elle accepte, cette fois sans se faire prier. Étrangement, il n'en est pas surpris. Leur première entrevue lui avait laissé un goût d'inachevé.

Arrivée dans la rue, elle lui propose plutôt de se rendre chez elle. Elle habite à deux pas. Ça sera plus sympa que le resto. Elle s'amuse de sa réaction et de la légère rougeur qui apparaît sur ses joues. Mais Sidonie sait ce qu'elle veut et n'a pas l'habitude qu'on lui résiste.

Parvenue à son appartement, elle ferme la porte d'un coup de pied et l'embrasse fougueusement. Il répond à son baiser et l'enlace en épousant son corps. Il sent les seins fermes de Sidonie contre sa poitrine et entreprend de déboutonner le chemisier de la jeune femme. Il commence à caresser son buste, tandis que la main de Sidonie glisse vers le renflement de son pantalon, qu'accentue déjà un début d'érection. Quand elle déboutonne sa braguette et glisse les doigts par l'ouverture, il ne peut s'empêcher de gémir.

Une quinzaine de minutes plus tard, ils sont allongés nus, à même le parquet de la chambre, soudés l'un à l'autre dans une attitude d'abandon total. Leurs vêtements sont éparpillés dans l'appartement, que Michel a découvert de façon plutôt originale. Elle a pris l'initiative et Michel s'est laissé guider, en savourant chaque seconde de leur étreinte.

Sidonie ne manque pas de ressources. Il a joui une première fois et elle a déjà entrepris de ranimer son désir.

Le déjeuner va devoir attendre. Après tout, c'est pour les besoins de l'enquête que l'inspecteur Delattre est là. Le travail avant tout !

Quand ils se rhabillent enfin, non sans avoir auparavant légèrement détourné l'utilisation de la douche, Sidonie propose à Michel de réchauffer une pizza surgelée. Il accepte avec empressement. Leurs ébats l'ont affamé, et visiblement, c'est la même chose pour elle. Elle compose rapidement une petite salade en accompagnement et ouvre une bouteille de chianti, sans lui demander son avis.

Michel prend le temps de regarder l'endroit où il se trouve. L'appartement n'est pas très grand, mais meublé avec soin. Elle a réussi à insuffler toute sa personnalité aux lieux, avec des petits détails qui lui permettent d'en apprendre un peu plus sur la jeune femme. Manifestement, elle aime l'art africain. Des statues primitives ornent son salon et s'intègrent harmonieusement à un cadre qu'elle a voulu chaleureux. Passionnée par les livres, elle en a accumulé plusieurs centaines, alignés avec soin, dans une bibliothèque fabriquée sur mesure. Quel n'est pas son étonnement en découvrant toute une rangée d'entre eux consacrée à la littérature érotique. Presque tous écrits par des femmes. Lui qui pensait encore ce genre d'ouvrage destiné à être dissimulé honteusement au fond d'un placard.

Sidonie l'observe et sourit en le regardant s'attarder sur les titres. Décidément, elle a encore des choses à lui apprendre sur les femmes. En sortant la pizza du four, elle commence à lui exposer l'idée qu'elle a eue.

Une certitude s'est imposée à elle. Son profil correspond au type de femme recherchée par l'agresseur. Ne pourrait-elle pas collaborer avec la police et jouer le rôle de l'appât ?

Michel admire le courage de Sidonie, mais refuse tout net. Trop risqué. Sidonie insiste, mais rien n'y fait. Sa participation à l'enquête est terminée. Il est hors de question de l'amener à s'exposer. L'individu est trop dangereux, et une femme est déjà paralysée à cause de lui.

De guerre lasse, elle finit par capituler provisoirement, et ils passent à un autre sujet, tout en dévorant leur repas.

*

Nathalie a utilisé une partie de la matinée à recouvrer des forces. Les médecins sont formels. Pas de séquelles neurologiques. Elle a simplement besoin d'un peu de repos pour récupérer du contrecoup de l'accident. Son état nécessite également le remplacement régulier du bandage qui lui entoure la tête.

Fred est rassuré. Il a pu lui parler. Fragilisée par l'accident, elle a pleuré en le voyant. Elle veut maintenant rentrer chez elle, et que tout redevienne comme avant. Son épouse étant encore faible, il a préféré abréger la discussion.

Il sera encore temps par la suite de lui annoncer la perte de son emploi.

Mélanie peut ensuite voir sa mère et l'embrasser. Elle trouve que sa maman est rigolote avec son pansement qui ressemble à une coquille d'œuf. Elle a déjà vu à la télé un poussin qui lui ressemble et qui est trop marrant. Nathalie éclate de rire à sa remarque, et l'espace d'un instant, Fred retrouve sa famille. Il les imagine tous les trois chez eux, et un épisode récent lui revient à l'esprit.

Il est dans le salon et fait le pitre, avant de coucher Mélanie. Il s'amuse à sauter comme le Tigrou de Winnie l'ourson. Sa fille est hilare. Elle adore le voir faire des bonds en zozotant. Sa femme se moque de lui et de son caleçon, mal ajusté, qui laisse entrevoir la naissance de ses fesses.

En repensant à la scène, Fred a un pincement au cœur et se demande quand ils retrouveront à nouveau un tel niveau de connivence.

En début d'après-midi, la mère de Fred arrive à l'hôpital. Elle a pu faire un détour par son domicile récupérer des affaires et il savoure le fait de pouvoir se changer et se raser. Il se félicite de lui avoir laissé un double des clés, au cas où.

Mélanie saute de joie en voyant sa grand-mère. Sa mamie lui a ramené sa robe préférée et un petit cadeau. Elle déchire le papier qui l'enveloppe, pressée de découvrir ce qu'il peut dissimuler. Fred entend un cri de joie, et très vite, s'aperçoit que Mélanie a complètement oublié sa présence.

La petite fille a commencé à raconter à sa mamie l'accident, avec des grands gestes et des mots d'enfant. Il les laisse toutes les deux dans la chambre, préférant ne pas perturber leur moment de complicité.

Fred a maintenant envie de souffler. Il a passé une partie de la nuit à se ressasser les événements des derniers jours et ne s'est endormi qu'aux premières lueurs de l'aube, qui plus est sur une couchette sommaire.

Il se dirige vers la cafétéria pour prendre un café. Machinalement, il met la main dans la poche de son blouson et en ressort le portable de Nathalie qu'il y a glissé la veille. Il est encore allumé et n'est pas verrouillé. Cela ne l'étonne pas de Nathalie. Le téléphone, ça n'a jamais été son truc. Pour quelle raison s'embêterait-elle à mettre un mot de passe ?

Deux appels en absence et un message. Tous émanant du même numéro. Par curiosité, il regarde s'il connaît le correspondant. Il ne lui dit rien, et elle ne l'a pas entré dans son répertoire. Ce n'est donc pas un contact régulier.

Habituellement, Fred respecte l'intimité de sa femme, mais mû par un pressentiment, il ouvre le message et le lit. Il met alors quelques secondes à saisir le sens des mots qu'il a sous les yeux. Des mots qui ne laissent aucune place au doute.

19

La matinée de ce lundi a été bénéfique pour Isabelle.

Elle a pu enfin prendre une douche, avec l'assistance d'une aide-soignante, et retrouver un semblant d'autonomie. C'est un progrès énorme pour elle, après une semaine de quasi-immobilisme forcé. Elle a l'impression de revivre. Être totalement dépendante dans les actes de tous les jours est difficile à supporter, quand, comme elle, on a appris à se débrouiller seule dès le plus jeune âge.

Les nuits sont toujours agitées. Ses rêves sont remplis de courses et d'escalades. Elle se réveille à chaque fois en nage, persuadée d'avoir senti à nouveau ses jambes. Et quand elle tente désespérément de faire bouger ses orteils, un terrible sentiment d'impuissance s'empare d'elle et la plonge dans l'angoisse.

Son moral est très fluctuant. Des phases de découragement alternent avec des phases d'euphorie. Elle n'arrive pas à s'empêcher de confronter ses souvenirs d'avant avec son état actuel, songeant à tout ce qu'elle a perdu par la faute du hasard. Plus précisément, par la faute d'un individu.

Isabelle revoit constamment la scène, se demandant pourquoi elle ne l'a pas repoussé. Ce n'était quand même pas la première fois qu'elle était confrontée à ce type de situation. Elle le sait, son physique attire les hommes et elle n'y peut rien. Elle n'a jamais eu non plus envie de faire des concessions sur sa façon de se vêtir. Pourquoi le devrait-elle ? Et puis, elle n'a pas le souvenir de s'être habillée de façon provocante. Elle n'allait quand même pas se déguiser en nonne pour éviter d'être importunée !

« J'aurais dû » et « si j'avais su » résonnent de manière lancinante dans sa tête, mais elle se rend compte, dès qu'elle échafaude d'autres scénarios, qu'on ne peut pas revenir sur le passé. Elle ne marchera plus et il faut qu'elle s'y fasse. Vivre dans l'espoir d'une hypothétique amélioration de son état ou dans l'attente de la découverte d'un traitement révolutionnaire ne l'aidera pas à accepter sa nouvelle vie, bien au contraire.

A cet instant, les préoccupations d'Isabelle sont tout autres. Il est presque treize heures. Les visites doivent bientôt commencer et son père a promis qu'il viendrait.

Cela tombe bien. Il faut qu'elle ait une sérieuse explication avec lui. Les révélations de sa mère l'ont ébranlée. Elle n'accepte plus le beau rôle que s'est donné son paternel pendant toutes ces années.

Mais comment a-t-elle pu être aussi naïve ? Elle aurait dû le savoir. Rares sont les divorces où les torts ne sont pas partagés. Pourquoi ne s'était-elle jamais interrogée sur les véritables motifs qui ont poussé sa mère à quitter le domicile conjugal ?

Elle est encore en train de penser à cela, quand son père apparaît sur le seuil de la chambre.

À chaque fois qu'elle le voit, elle sait qu'il lui faut toujours quelques minutes pour quitter sa carapace d'homme politique et s'adresser tout simplement à sa fille.

- Alors, ma chérie, comment vas-tu depuis hier ?

- Bien, j'ai pu prendre une douche, lui répond Isabelle mécaniquement, en se demandant comment elle abordera le sujet qui l'intéresse.

- Tu as vu un médecin ce matin ?

Isabelle doit rapidement réorienter la discussion, autrement elle aura droit, dans l'ordre, à des questions sur la qualité de son sommeil ou le contenu de son dernier repas, à des remarques sur la météo, et en dernier recours, au compte rendu de la dernière commission, avec des commentaires inévitables sur ces imbéciles d'opposants politiques qui passent leur temps à critiquer et ne proposent jamais rien.

Car Robert Pelissier déteste le silence et adore le meubler. Il pose les questions et y répond, et avec lui, les conversations relèvent la plupart du temps du monologue. Elle a pris l'habitude de l'écouter parler sans l'interrompre. Mais désormais, elle est décidée. Elle ne le laissera pas monopoliser la parole !

- J'ai vu maman hier !

- Ah oui, et je suppose qu'elle t'a présenté son dernier amant en date. J'ai eu beaucoup de mal à la joindre. Ta mère voyage beaucoup.

- Oui, je sais !

Isabelle veut conserver le contrôle de leur échange pour pouvoir aborder le sujet qui lui tient à cœur.

- Elle m'a longuement parlé. C'était la première fois qu'elle le faisait aussi naturellement, sans artifices. Elle m'a parlé de toi, de votre séparation. Figure-toi qu'elle m'en a donné une tout autre version. Une version très différente de la tienne. Tu ne m'aurais pas menti, pendant toutes ces années ?

- Qu'est-ce qu'elle a encore bien pu te raconter ? Je sais ! Elle t'a négligée parce que je n'étais pas gentil avec elle. Elle, c'était la sainte, et moi, le méchant !

- Arrête, s'il te plaît. Laisse-moi parler et je t'en prie, perds cette habitude de répondre à une question par une autre !

Isabelle n'en revient pas du ton qu'elle vient d'employer avec son père. Il l'a toujours impressionnée par son assurance, mais aujourd'hui, elle n'arrive plus à supporter son hypocrisie.

- Est-ce vrai que tu l'as trompée, alors que vous étiez à peine mariés depuis un mois ?

- T'a-t-elle dit pourquoi elle est partie ?

- Réponds-moi ! Je ne suis pas un opposant politique qui t'attaque sur la gestion des espaces verts, je suis ta fille et je t'ai posé une question à laquelle je veux une réponse !

- Je n'ai pas à me justifier. Cela ne regarde que ta mère et moi !

- Tu t'es trahi, tu n'as même pas démenti.

D'habitude, Robert est patient, mais la tournure de la conversation commence à l'exaspérer. Il estime qu'il n'a pas d'explications à fournir à sa fille, surtout pour un événement qui s'est produit il y a plus de trente ans.

- Tu m'emmerdes, Isabelle, la discussion est close. Écoute, je dois partir. J'ai une réunion. Mais si j'étais toi, je demanderais à ta mère la vraie raison de son départ. Visiblement, elle ne t'a pas tout dit !

Et avant qu'Isabelle ait pu réagir, il sort de la pièce, non sans lui avoir déposé au préalable un rapide baiser sur la joue. Surprise, Isabelle demeure seule dans la pièce, ne sachant que penser.

Fred vient normalement la voir en milieu d'après-midi. Sa visite lui fera du bien et l'aidera à éclaircir ses idées. Les révélations de sa mère et les sous-entendus de son père commencent sérieusement à la perturber.

Elle a le sentiment, à trente ans, de découvrir ses véritables parents et de n'avoir côtoyé que des inconnus jusqu'à présent.

*

Isabelle ignore encore qu'elle a peu de chance de voir Fred ce jour-là.

Au même moment, celui-ci est au centre hospitalier d'Amiens, en train de découvrir le message laissé par Franck sur le portable de sa femme :

Tes baisers et tes caresses m'ont laissé une sensation d'inachevé. Tu ne peux pas partir comme ça, sans un mot d'explication, pas après m'avoir fait l'amour aussi intensément. Notre histoire ne peut prendre fin aussi brutalement, à peine commencée. Je t'en supplie. Rappelle-moi vite ! Je t'embrasse tendrement. Franck

Fred n'en croit pas ses yeux. Nathalie a un amant.

Elle le trompait alors qu'il n'en pouvait plus de culpabiliser ! Il se morfondait d'amour pour elle, et au même moment, elle s'envoyait en l'air avec un autre. Fred est atterré. Son désir de reprendre la vie avec Nathalie, sur de nouvelles bases, en prend un coup.

Hypocritement, Fred oublie que l'égarement d'un soir de Nathalie est difficilement comparable avec sa liaison de plusieurs mois avec Élodie. Avec sa mauvaise foi coutumière, il occulte la raison du départ de sa femme qui a tout déclenché, mais aussi son coup de folie au casino et l'accident, auquel Nathalie a miraculeusement réchappé.

Il quitte précipitamment l'hôpital en voiture, roule sans but précis et se retrouve, sans vraiment l'avoir voulu, dans le centre historique d'Amiens.

Il a envie de faire le point. La cathédrale se dresse brusquement devant lui, majestueuse. Après tout, il n'a rien à perdre à la visiter. La solennité du lieu de culte l'apaisera et lui permettra de prendre un peu de recul.

Il se gare près d'une petite rivière qui serpente autour de l'édifice religieux et se dirige vers l'entrée principale, en traversant les jardins de l'évêché. Il prend plusieurs minutes pour admirer les sculptures qui composent le portail du jugement dernier. Les représentations de l'enfer et du paradis le fascinent. Bel exemple de manichéisme pur et dur. Bon ou mauvais, pas de demi-mesure et pas de place pour la tiédeur. Lui, la perfection, et sa femme, le vice incarné. Si tout était si simple !

Les certitudes de Fred sont ébranlées. Il a commencé son introspection et doit admettre que tous les torts ne sont pas à imputer uniquement à son épouse. C'est quand même bien lui qui a réuni toutes les conditions pour que Nathalie aille voir ailleurs.

En pénétrant dans la cathédrale, il est subjugué par la beauté et l'atmosphère de plénitude qui y règne. Sa colère retombe d'un seul coup. En s'attardant devant les gisants, il prend conscience combien sa fuite de tout à l'heure a été puérile. Car finalement, le départ précipité de Nathalie de son lieu de vacances lui démontre bien qu'elle n'a pas mis beaucoup de temps à se rendre compte de son erreur. C'est bien la preuve qu'elle l'aime ! Dans le cas contraire, elle serait restée avec ce Franck - après lui avoir fait si bien l'amour - et pas partie aussitôt après. Avec pour conséquence, cet accident stupide !

Tout à ses réflexions, il veut prolonger l'instant en faisant le tour de l'édifice. Il remarque des statues retirées de la façade, à des fins de restauration.

Redonner une seconde jeunesse à des œuvres anciennes, voilà quelque chose qu'il aurait aimé faire ! Dire que plus jeune, il avait commencé des études aux beaux-arts de Lille, avant de changer d'avis pour s'orienter vers la comptabilité et en faire son métier. Toujours cette inconstance dans ce qu'il entreprend, qui fait si peur à sa femme.

Depuis quelque temps, il lui arrive de plus en plus souvent de regretter sa décision, déçu par une profession qu'il a idéalisée. Et si son licenciement s'avérait une chance ? Avec l'argent qu'il va toucher, il a de quoi voir venir, et puis il percevra, au moins pendant deux ans, des allocations chômage. Il pourra en profiter pour développer un nouveau projet professionnel, et même se faire financer une formation pour y arriver !

En pensant à tout cela, le gentil Fred Godot comprend qu'il a été bien bête de partir si facilement d'EPS. C'est décidé, il ne se laissera pas faire. Après tout, il n'a rien à se reprocher. On ne licencie pas une personne sur la base de rumeurs.

Fred se surprend à sourire. Finalement, passer dans le camp des méchants n'est pas si compliqué.

Fred regagne l'hôpital et la chambre de sa fille. Sa mère l'y attend, inquiète. Elle n'a pas compris son départ précipité, tout comme Mélanie, qui s'est demandé où était passé son papa. Il les rassure. Tout va bien maintenant.

Durant son absence, le médecin a signé le bon de sortie de Mélanie, mais Fred doit rester à proximité de Nathalie. Elle sera hospitalisée encore plusieurs jours. Ce n'est pas grave. Il prendra une chambre d'hôtel en ville avec sa fille.

Cela leur fera comme des petites vacances rien qu'à deux. Il ne se voit pas, dans tous les cas, faire la route quotidiennement.

Sa mère propose de prendre Mélanie avec elle quelques jours, mais il refuse. Il veut profiter de sa famille et se recentrer sur elle. Sa femme et sa fille lui ont trop manqué pendant une semaine, même s'il se dit qu'une discussion franche, seul à seul avec Nathalie, sera difficilement évitable.

20

L'inspecteur Michel Delattre se remémore le déjeuner avec Sidonie. Le sourire aux lèvres, il songe à la personnalité surprenante de celle-ci. Il a pu le constater : elle sait ce qu'elle veut et elle n'a pas froid aux yeux.

Il aurait pu ne jamais la rencontrer. Il a fallu les hasards d'une enquête pour qu'elle entre dans sa vie. Michel est sur un nuage. Cela fait longtemps qu'une femme ne l'a pas troublé ainsi. Et dire qu'il la connaît à peine !

Quand il pense à elle, son cœur s'accélère et son estomac se noue. Michel est en train de tomber amoureux, et ça lui fait peur. Il a toujours eu du mal à s'attacher. Une de ses ex a même fini par l'appeler l'infirme du cœur. Il est bel homme et multiplie les conquêtes, mais préfère tout arrêter dès qu'il sent que cela devient trop sérieux. Il se croyait incapable d'aimer et découvre avec délice qu'il peut éprouver quelque chose qui ressemble à de l'amour.

Il se souvient de la proposition de Sidonie de jouer le rôle de l'appât. Trop risquée ! Même si l'idée est séduisante, il ne peut l'exposer ainsi. L'agresseur des blondes, Blondie comme il l'a surnommé, est beaucoup trop imprévisible. Utiliser un civil pour une opération sur le terrain est, de toute façon, hors de question. En dehors des difficultés à obtenir l'accord de sa hiérarchie, il doit aussi envisager que l'opération puisse mal tourner, et cela, il ne pourrait jamais se le pardonner.

En cette fin d'après-midi, il se dirige vers le domicile d'Astrid Rompart qui lui a donné rendez-vous chez elle, à dix-huit heures.

En voyant le portrait-robot diffusé sur les réseaux sociaux, la jeune femme a cru reconnaître un individu qui l'a suivie, quelques jours plus tôt. Un individu qu'elle a réussi à semer avec beaucoup de difficultés. Son récit au téléphone a suscité l'intérêt de l'inspecteur qui a voulu la rencontrer pour en discuter directement avec elle. Elle est un de ses derniers espoirs. Il espère que, lors de leur conversation, elle se souviendra d'un détail qui fera avancer l'enquête.

Car dans le cas contraire, il sera dans l'obligation de passer à autre chose. Le commissaire lui a demandé, à partir de demain, de renforcer l'équipe chargée de l'enquête sur le braquage des supérettes.

Il conduit machinalement, savourant les rayons de soleil de cette fin de journée. Détendu, Michel prend le temps de s'imprégner des détails du paysage qui défile sous ses yeux. Il est maintenant sorti de Roubaix et entre dans un quartier résidentiel. Des maisons individuelles s'alignent de chaque côté de la rue, entourées par des jardins entretenus avec soin. Des roses trémières se sont développées, de façon anarchique en bordure des terrains, et insufflent un vent de fraîcheur à un ensemble un peu trop bien agencé. Cette uniformité des teintes, sur les constructions comme dans les jardins, est reposante, mais a un aspect déprimant, tant elle fait apparaître comme suspecte toute trace d'originalité.

La circulation est quasi inexistante. Le seul bruit qui domine est celui des tondeuses à gazon. Curieusement, les oiseaux se font peu entendre, comme s'ils avaient du mal à trouver leur place dans cet environnement parfaitement organisé.

L'endroit lui plaît moyennement. Il lui fait penser à un ghetto, où toute une population de même classe sociale se regrouperait pour échapper à la diversité. Il sait très bien aussi que les prix du secteur n'entrent pas dans son budget. Cela ne l'empêche pas de penser qu'il devrait déménager. Il n'en peut plus de son appartement de célibataire en centre-ville. Et si c'était le bon moment pour envisager une vie en couple, avec le logement adéquat ?

Un vieux monsieur traverse la route devant lui, sans même se soucier de sa présence, et il doit piler pour l'éviter. Il cherche le numéro indiqué par Astrid. Le cinquante-trois. La numérotation est aléatoire ce qui rend l'identification difficile, d'autant que le GPS fourni par l'administration ne référence pas l'habitation.

Michel repère la maison, en même temps qu'il le voit. Un jeune homme qui semble guetter quelque chose. L'avantage du quartier est qu'on y remarque très vite tout ce qui ne s'intègre pas dans son cadre. Et là, justement, un individu détonne, avec son bob et sa barbe naissante. Michel se gare pour l'observer. Camouflé en partie par un arbre, il donne l'impression d'épier la rue. Plus précisément, le logement où l'inspecteur s'apprête à se rendre. Celui d'Astrid

Rompart. Pas de doute possible. L'homme s'intéresse à la même femme que lui.

L'inspecteur Delattre se félicite intérieurement d'avoir emprunté une voiture banalisée. L'individu ne l'a pas encore repéré. Ses traits sont partiellement dissimulés, mais Michel songe immédiatement à la personne qu'il essaie d'appréhender. Pour une fois, la chance semble être de son côté !

À ce stade, il ne peut pas encore solliciter des renforts. Il doit être sûr de son coup. Inutile de devenir la risée du commissariat ! Un contrôle d'identité est pour le moment prématuré et susceptible de l'effrayer. Michel décide alors de l'aborder, en prétextant la recherche d'une adresse.

Bertrand surveille la maison d'Astrid depuis une quinzaine de minutes. Il a vu revenir sa cible du travail et est sur le point de changer de poste d'observation. Il ne s'agit pas d'être remarqué, en restant trop longtemps au même emplacement. Le secteur est surtout occupé par des retraités dont l'attention risque d'être attirée par son manège.

L'attitude de l'homme à pied, qui s'arrête à sa hauteur pour obtenir un renseignement, lui paraît étrange. C'est la même personne qu'il a aperçue à bord d'une voiture, quelques minutes plus tôt. Bertrand est devenu méfiant. Depuis la parution de son portrait, il se sait en sursis. Il lui faut rester calme et ne pas montrer de signes de nervosité. Après tout, cela peut être seulement l'effet du hasard.

Ses sens en alerte, Bertrand croise les yeux de son interlocuteur. Ce qu'il y voit ne lui plaît pas. Quelque chose, dans le regard de ce dernier, l'aide à comprendre qu'il a été démasqué. Bertrand en vient rapidement à la conclusion qu'il ne peut s'agir que d'un policier en civil. Il lui répond brièvement qu'il ne connaît pas l'adresse demandée et tourne aussitôt les talons, désireux de quitter les lieux au plus vite.

Michel est surpris par la soudaineté de la réaction. Il se rend compte qu'il a manifestement sous-estimé l'homme. Il est trop tard désormais pour réclamer du renfort. Il doit agir seul.

- Police, retournez-vous lentement et…

En entendant ces mots, Bertrand commence à courir.

Pendant des années, ses parents l'ont obligé à faire de l'athlétisme. Assez vite, il a opté pour le demi-fond, un sport pour lequel il a des dispositions naturelles. Cela sera bien la première fois qu'il pourra les remercier de l'avoir forcé à pratiquer une activité.

Michel se lance à sa poursuite avec un léger retard. Bertrand dispose d'une bonne condition physique et il est déjà sur le point de le distancer.

Le policier arrive à hauteur du garage de Gérard Simonet, au moment où celui-ci s'engage sur la route avec sa voiture. Michel ne peut éviter la berline et se retrouve étalé sur le capot, à moitié sonné.

Gérard, un directeur commercial à la retraite, tient à sa voiture plus que tout. Une Audi TT qu'il bichonne avec un amour maladif, au grand dam de son épouse. Très en colère, il commence à invectiver Michel, sans même se préoccuper de l'état de ce dernier. Dans son élan, l'inspecteur a un peu enfoncé l'aile avant gauche et cela a suffi à déclencher le courroux du sexagénaire.

Michel se relève difficilement. Le suspect est déjà loin et ce n'est pas aujourd'hui qu'il l'arrêtera. Il peut quand même essayer de transmettre son signalement sur le réseau. Il a pu le voir de près. Cela lui permet d'avoir une idée assez précise de l'individu. Avec un peu de chance, une patrouille pourra encore l'interpeller, à la condition qu'il ne traîne pas pour les alerter.

Michel plante là Gérard sans même lui répondre, se contentant de le foudroyer du regard. Gérard est courageux, mais pas téméraire. Il continue à maugréer, tout en laissant Michel repartir vers sa voiture. La corpulence de l'inspecteur l'a dissuadé de tenter de l'en empêcher.

- Je vous préviens, je vais noter le numéro de votre voiture et porter plainte, hasarde-t-il.

Michel ne prend pas la peine de lui répondre qu'il est policier. La moindre minute qui s'écoule joue contre lui. D'abord lancer le message d'alerte, avec la description du suspect, après seulement, il ira voir Astrid Rompart, et il en profitera alors pour calmer au passage l'irascible propriétaire de l'Audi.

*

187

Marc a retrouvé Isabelle à l'hôpital à la fin de sa journée de travail. Il l'a trouvée morose et a attribué sa déprime aux conséquences de l'agression, au temps qu'il lui faudrait pour se remettre de la perte de l'usage de ses jambes.

Elle l'embrasse distraitement et l'écoute à peine. Les insinuations de son père au sujet des vraies raisons du départ de sa mère l'ont perturbée, plus qu'elle ne voudrait se l'avouer, et elle s'interroge sur ce que Mathilde pourrait ne pas lui avoir dit. Elle ne veut pas envisager que sa maman puisse la décevoir une nouvelle fois. Pas après la conversation qu'elles ont eue ensemble la veille.

Et puis, elle a du mal à l'admettre, mais la désaffection de Fred l'a peinée. Il aurait pu se donner la peine de l'avertir qu'il avait un empêchement. Même si les sentiments qu'elle éprouve pour lui sont contradictoires, elle ne peut s'empêcher de lui en vouloir. La jeune femme espérait sa visite. Elle a beau s'obstiner à le nier, mais c'est un fait, Fred est en train de prendre une place importante dans sa vie.

Marc ne se rend pas compte du trouble de sa compagne et continue à lui raconter sa journée.

En tant que consultant dans un cabinet de recrutement, il a reçu un candidat qui, pour se donner du courage, avait manifestement un peu trop bu. Marc éclate de rire en se rappelant comment s'est terminé l'entretien. Le postulant au poste de directeur logistique a demandé où étaient les toilettes et est parvenu difficilement à les atteindre, avant de régurgiter son déjeuner.

Quand il voit qu'Isabelle ne réagit pas à son histoire, il prend brutalement conscience qu'elle l'a à peine écouté. Il s'arrête et l'observe. Elle a changé. Depuis quelques jours, elle est distante. Il sait parfaitement que pour elle la situation est difficile et il est prêt à faire preuve de patience. Néanmoins, il a le sentiment qu'elle s'éloigne de lui et il ne comprend pas pourquoi.

Isabelle sort de sa rêverie, en se rendant compte que Marc s'est arrêté de parler et qu'il la regarde. Il a les yeux du cocker triste qu'il adopte quand il est déstabilisé. Cet imbécile va réussir à la faire craquer. Elle essaie de retenir ses larmes, mais rien n'y fait. Elle éclate alors en sanglots, devant un Marc interloqué.

Isabelle se reprend vite. Elle préfère laisser Marc dans le flou sur son état émotionnel. Elle sait qu'il lui faut à tout prix se ressaisir. Elle doit parvenir à chasser Fred de sa tête et à clarifier les relations avec sa mère.

*

Sidonie Bazec a quitté son bureau, où elle occupe un poste de commerciale dans un cabinet d'assurances.

Elle a décidé de faire un détour par le commissariat pour inviter Michel à passer la soirée avec elle. Elle a obtenu des invitations pour le lancement d'un nouveau bar à thème dans le centre de Lille et n'a pas envie d'y aller seule. Elle n'a pas pris la peine de l'appeler et veut le surprendre. Elle s'amuse d'avance de la tête qu'il fera quand il l'apercevra.

Elle se l'imagine, piquant un fard devant ses collègues, et elle, tout sourire, le fixant d'un air candide.

Elle sent qu'elle lui plaît et il ne lui est pas non plus indifférent. Elle a un peu brusqué les choses durant le déjeuner et elle ne le regrette pas. Elle a toujours été libérée, et quand un homme l'attire, elle a besoin de tester l'alchimie des corps avant d'envisager une véritable relation. Michel a réussi l'épreuve haut la main et elle brûle d'impatience de renouveler l'expérience.

Elle est déçue quand elle voit qu'il n'est pas sur son lieu de travail. Philippe Petit, qui s'apprête à partir, lui propose de l'attendre. L'inspecteur ne devrait pas tarder. Elle accepte et il la laisse patienter dans le bureau de son supérieur, à l'étage. Il s'excuse de ne pouvoir lui tenir compagnie et elle reste seule.

Ce n'est pas la première fois qu'elle se retrouve à cet endroit. Il n'y a pas grand-chose à y faire, à part regarder les affiches de prévention généreusement placardées sur les murs.

Le brigadier Petit a préparé une pile, qu'il a laissée sur le bureau de son chef, reprenant quelques copies des fiches qu'il a examinées durant la matinée. Il a voulu montrer à l'inspecteur Delattre qu'il a réalisé le travail demandé, mais sans parvenir à obtenir des résultats.

Par curiosité, et aussi par ennui, Sidonie regarde les photos qui y figurent. Toutes concernent des interpellations pour ivresse sur la voie publique. Quand elle tombe sur le visage de Bertrand Rivaldi, elle n'en croit pas ses yeux. C'est lui ! C'est la personne qui l'a harcelée. Aucune hésitation possible. Même regard fuyant, même bouche étroite, même nez court. Difficile de ne pas le reconnaître.

Elle note l'adresse indiquée sur le document et remet les fiches dans l'ordre dans lequel elle les a trouvées. Elle vient à peine de terminer son rangement que Michel arrive. L'air de rien, elle lui lance un sourire qu'il lui rend rempli de promesses.

Cela tombe bien, car dans l'ordre des priorités, Sidonie a prévu d'abord de se consacrer à leur soirée. Elle n'a pas anticipé, une seule seconde, un refus de Michel. Puis de passer une folle nuit avec son nouvel amant. Là aussi, elle ne doute pas non plus de son accord enthousiaste. Le dénommé Bertrand viendra ensuite. Elle prendra alors le temps nécessaire pour s'en occuper. Seule. Parce que, en ce qui concerne le dernier point, elle n'a pas prévu de faire appel à l'inspecteur.

21

Fred se réveille désorienté. Depuis une semaine, les événements se sont enchaînés, et tout va un peu trop vite pour lui. Quand il voit Mélanie qui dort sur le lit près du sien, tout lui revient : l'endroit où il se trouve et les raisons qui l'y ont amené.

Il a réservé une chambre à l'hôtel Mercure d'Amiens, qui a l'avantage de se situer à une cinquantaine de mètres de la cathédrale et à une dizaine de minutes en voiture du centre hospitalier. Le quartier est quasi piétonnier et plutôt calme. À cette heure matinale, les touristes n'ont pas encore envahi le parvis du site religieux.

Il prend le temps de regarder sa fille dormir. Elle a son doudou dans les bras et suce son pouce. C'est la première fois qu'il la voit faire ce geste. Ces derniers jours ont dû la perturber. L'idée lui vient naturellement d'en parler à Nathalie, comme si c'était une évidence.

En pensant aux deux femmes de sa vie, il réalise qu'il aurait pu les perdre toutes les deux. Il en a conscience et le médecin qu'il a vu la veille le lui a confirmé. Elles ont eu, toutes les deux, énormément de chance. Fred n'a pas encore pu voir l'épave de la voiture, mais il doit considérer comme un miracle le fait que la Twingo ait quitté la route sans rencontrer d'obstacle, et se soit retrouvée rapidement dans un champ en contrebas.

Mélanie commence à remuer et ouvre les yeux. L'espace d'un instant, il la sent décontenancée. Pourtant, quand elle croise le regard de son père, elle lui fait un grand sourire et réclame un câlin. Fred l'embrasse dans le cou en la chatouillant. Sa fille éclate de rire et demande à son père d'arrêter, mais tout dans son expression le supplie de continuer.

Il est presque neuf heures. Tous les deux sont affamés. Après le petit déjeuner, Fred a prévu de se balader dans le centre d'Amiens, avant de passer examiner la voiture accidentée entreposée dans un garage. Ce sera également l'occasion de récupérer la valise de son épouse demeurée dans le coffre.

Ensuite, il rejoindra Nathalie à l'hôpital. Même s'il ne veut pas l'admettre, l'aventure d'un soir de sa femme lui reste en travers de la gorge. Les mots de Franck sont gravés dans son esprit et la phrase qui lui fait le plus mal – « *après m'avoir fait l'amour aussi intensément* » - revient avec insistance.

Pour le moment, Fred essaie de penser à autre chose. Il a repéré un magasin de jouets pas très loin et compte y emmener sa fille. Il lui mettra les mains devant les yeux, et en arrivant devant la vitrine, lui révélera ses intentions. Il savoure, à l'avance, le moment où elle découvrira les jouets et où il verra ses yeux pétiller de bonheur.

Un peu moins de deux heures plus tard, ils sont tous les deux devant la porte de la chambre de Nathalie, avec un énorme nounours que sa fille a du mal à tenir dans les bras.

Blanc avec un nœud papillon rouge, il est presque aussi grand que Mélanie. Avec sa tête sympathique, il a séduit d'entrée le père et la fille. Il anticipe déjà l'air consterné de Nathalie, quand elle le verra. Elle n'aura pas tout à fait tort. La chambre de Mélanie n'est pas très grande et déjà surchargée de peluches en tout genre, mais Fred ne peut rien refuser à son enfant.

Quand ils entrent dans la pièce, Nathalie commence à déjeuner. L'heure des repas dans un hôpital a toujours été une énigme pour Fred. Il est à peine onze heures et demie.

Nathalie est encore pâle et a les traits tirés, mais elle réussit à sourire en les voyant. Son bandage est toujours aussi impressionnant. Mélanie se précipite sur le lit pour embrasser sa mère, abandonnant son encombrant compagnon à même le sol. Fred se penche à son tour pour enlacer son épouse. À l'inverse de la veille, elle accueille son étreinte assez fraîchement. Fred en est agacé. Comme s'il était le seul à avoir quelque chose à se reprocher !

Si Nathalie, en son for intérieur, a décidé de donner une nouvelle chance à son couple, elle tient quand même à clarifier les choses avec Fred et n'est pas disposée à pardonner aussi facilement l'infidélité de son mari. Ce qu'elle ignore encore, c'est l'existence du message de Franck, parvenu juste après l'accident. Un message que Fred a prévu de lui mettre sous les yeux dès qu'il en aura l'occasion.

Une conversation étrange, où les non-dits sont plus importants que les mots exprimés, débute alors. La présence de Mélanie contraint les deux époux à reporter la discussion qu'ils ne pourront éviter d'avoir.

*

Michel sifflote en arrivant au commissariat.

La soirée avec Sidonie est allée au-delà de ses espérances. La sortie dans un bar à thème, en l'occurrence un bar à vin, a connu un prolongement très axé sur le sexe dans l'appartement de sa nouvelle compagne. Ils se sont mutuellement tenus éveillés, et l'alchimie des corps, selon l'expression de Sidonie, a une nouvelle fois parfaitement fonctionné.

À l'inverse, l'entrevue avec Astrid Rompart ne lui a pas appris grand-chose de plus.

Si ce n'est une confirmation : l'individu recherché ne choisit pas les jeunes femmes au hasard. Michel a ainsi remarqué, en découvrant Astrid pour la première fois hier, qu'elle ressemblait beaucoup aux deux victimes connues, Isabelle et Sidonie. Comme elles, Astrid a la particularité d'être pleine de vie, blonde et élancée. « Blondie », le surnom donné par l'inspecteur, est plus que jamais d'actualité pour désigner le suspect.

Le fait que Michel ait approché l'agresseur présumé, même brièvement, lui a permis de découvrir de nouvelles facettes de sa personnalité. Avant d'aborder ses futures victimes, l'individu prend le temps de repérer les lieux. Il n'agit plus par instinct, comme dans le cas des premières agressions. Autre constatation troublante, l'homme gagne en assurance. Plus aucune trace de bégaiement dans les quelques mots échangés avec lui.

Pour ne pas arranger les choses, les patrouilles, déclenchées la veille au soir par l'appel de Michel, n'ont rien donné. Le fuyard est demeuré introuvable.

Les mailles du filet se resserrent autour de « Blondie ». Michel sent que celui-ci ne pourra plus échapper longtemps à la police, mais pour l'instant, le suspect est toujours dans la nature, avec un risque de récidive important. Facteur aggravant, l'homme devient manifestement méfiant depuis qu'il se sait recherché. C'est un élément supplémentaire à prendre en compte, qui ne contribuera pas à faciliter son interpellation.

Ce mardi matin, Michel s'apprête à jeter un coup d'œil sur les fiches préparées par le brigadier Petit, quand le commissaire débarque dans son bureau. Un nouveau braquage a eu lieu. L'inspecteur doit rejoindre sans tarder les policiers déjà sur place.

Michel remet alors l'examen des documents à plus tard, et se dirige en toute hâte vers le sous-sol du bâtiment pour récupérer sa voiture.

*

Isabelle s'interroge sur les raisons du silence de sa mère. Déjà deux jours qu'elle est sans nouvelles de Mathilde.

Durant ce laps de temps, Fred ne lui a pas non plus donné signe de vie, et en ce début d'après-midi, un sentiment d'abandon l'envahit.

Depuis plusieurs jours, un temps chaud et humide s'est installé sur la région et Isabelle en souffre. Le soleil, en cognant sur la fenêtre de sa chambre, augmente la température d'une pièce déjà surchauffée. Isabelle transpire abondamment. Elle rêve de pouvoir se doucher, ou au moins de pouvoir se rafraîchir. Mais clouée dans son lit, elle subit une situation qui lui pèse. Encore incapable de se déplacer seule, elle répugne à appeler une infirmière, pour une tâche qui lui fait ressentir de façon criante son manque d'autonomie.

Sans personne à qui parler, elle s'ennuie et n'arrive pas à se concentrer sur un des nombreux livres que Marc lui a apportés.

Ah, Marc ! Elle doit bien l'admettre. Depuis quelques jours, il multiplie les petites attentions à son égard, et elle apprécie les trésors d'imagination qu'il déploie pour lui rendre son séjour à l'hôpital plus agréable. Entre la confection de sablés, qu'il maîtrise parfaitement et qu'elle adore, et l'achat de caramels au beurre salé, ses bonbons préférés, son compagnon ne ménage pas ses efforts et elle le sent plus amoureux que jamais. Cela la rassure, mais en même temps, cela la met mal à l'aise. Elle a le sentiment de ne pas parvenir à répondre à l'amour de Marc comme elle le souhaiterait. Car elle doit bien se l'avouer, sa tête est ailleurs. Son état de santé, ses retrouvailles avec sa mère, sa rencontre avec Fred. Tous ces événements, mis bout à bout, l'empêchent de se consacrer entièrement à son couple.

Un bip sur son téléphone portable l'interrompt dans ses pensées. Un message de sa mère. Intérieurement, elle se dit que Mathilde aurait pu faire l'effort de l'appeler. Entendre sa voix, et plus encore la voir, lui aurait fait du bien. Cela lui aurait aussi permis d'obtenir des réponses aux questions qu'elle continue à se poser.

Elle ouvre la messagerie. Quelques mots laconiques l'attendent : « *Je ne peux pas venir aujourd'hui. Un empêchement de dernière minute. Ne m'en veux pas ! Je t'embrasse très fort. Maman* ».

- Un empêchement, j'espère qu'il est sérieux ton empêchement, maman, et que ce n'est pas encore une de tes excuses à la con que tu m'as servies toutes ces années pour ne pas venir me voir !

Isabelle ne peut réprimer sa colère et sa déception. Elle maudit cette invention stupide qu'est le texto, qui permet de s'abriter derrière une phrase ou deux pour éviter d'avoir son interlocuteur en direct. Pratique, pour ne pas avoir à faire face à une réaction d'un correspondant, mais surtout tellement lâche.

*

Bertrand a eu peur. Il ne s'en est pas fallu de beaucoup. Si un pressentiment ne lui avait pas permis de deviner que sous l'identité du promeneur qui cherche sa route se cachait un policier, il serait sous les verrous à l'heure qu'il est. Une chance que cet inspecteur ait agi seul. La baisse des effectifs de police sans doute... Plus Bertrand réfléchit, moins il comprend son erreur. Comment a-t-on pu le reconnaître aussi facilement, et en plus, savoir qu'il se trouverait à cet endroit ?

Sa barbe et son bob n'ont pas fait illusion bien longtemps. Il a été démasqué et maintenant sa photo doit être affichée dans tous les commissariats.

De chasseur, il est passé sans préambule au statut de gibier. Depuis la veille, il est barricadé chez ses parents et n'ose plus affronter le monde extérieur, mais il a conscience que la situation ne pourra se prolonger éternellement. Rester cloîtré ne peut pas être une solution durable.

Heureusement pour lui, il est seul. Et cela l'arrange ! Sa mère n'aurait pas manqué de remarquer sa nervosité. Tôt dans la matinée, ses parents sont repartis rejoindre le mobil-home qu'ils possèdent dans la Somme. Cette fois, pour une quinzaine de jours. Il a donc à nouveau la maison à sa disposition. Un soulagement, au regard de l'état de stress dans lequel il est.

Il a prévenu son employeur qu'il serait souffrant pour la journée. C'est le seul moyen qu'il a trouvé pour ne pas avoir à sortir de chez lui. Dès demain, il n'aura pourtant pas d'autre choix que de reprendre le boulot, à moins de dénicher un médecin assez complaisant pour lui délivrer un arrêt de travail.

Une des certitudes de Bertrand est qu'il doit désormais éviter Astrid. Il devra également attendre pour partir à la recherche d'une nouvelle cible. Le temps que les choses se tassent. Il sait aussi qu'il ne peut pas prendre le risque de se rendre dans le quartier de la jeune femme, sans craindre d'être identifié. D'un autre côté, il n'imagine pas non plus devoir renoncer à la recherche de la femme idéale. Celle sur laquelle il a placé tous ses espoirs de bonheur. Mais il devra faire preuve de patience.

Depuis que Bertrand a entrepris sa quête, il se sent un autre homme. Il a pris de l'assurance, arrive à se passer d'alcool et son bégaiement a quasiment disparu. Alors, oui vraiment, il n'est pas décidé à renoncer, mais à l'avenir, il saura se montrer plus prudent !

*

Au même instant, Sidonie Bazec rêvasse devant son écran d'ordinateur. Elle a localisé sur une application le logement de Bertrand Rivaldi et elle est bien décidée à s'y rendre après le travail.

Michel ne l'a pas prise au sérieux et a refusé son aide. Il va voir de quoi est capable une Bazec. Bretonne d'origine et têtue, Sidonie n'a pas l'habitude qu'on lui dicte sa conduite.

C'est la première fois qu'elle est impliquée dans une enquête policière, et la décharge d'adrénaline que lui procure la perspective de participer à une arrestation l'incite à toutes les audaces.

Sidonie ne sait pas trop comment elle procédera. Elle ne se voit pas l'interpeller seule, mais elle a également envie de se confronter au danger. Avec l'inconscience qui la caractérise, elle a décidé de renverser les rôles et d'épier à son tour son agresseur.

Quand elle y réfléchit, elle ne court pas un grand risque. Elle doit seulement s'assurer que Bertrand Rivaldi est chez lui. Restera alors à prévenir Michel, qui n'aura plus qu'à intervenir avec une équipe, et tout sera réglé. Son plan est simple et ne peut échouer.

Gonflée à bloc, Sidonie se concentre à nouveau sur son travail. Elle a un dossier à peaufiner pour un rendez-vous, en début d'après-midi. Elle est sur le point de conclure un contrat qui s'annonce prometteur avec une entreprise de BTP.

22

- Allô ! C'est Fred, comment vas-tu ?

- Aussi bien que possible ! Je commençais à me demander ce que tu devenais.

Isabelle est agréablement surprise par l'appel de Fred. Alors qu'en ce début d'après-midi, elle se morfond devant un téléfilm sans intérêt, elle ressent la voix de Fred comme une bouffée d'oxygène. Elle ne peut pourtant s'empêcher de lui reprocher son silence de la veille.

- J'espérais ta visite hier. Tu m'avais laissé entendre que tu viendrais !

- Je n'ai pas pu. J'ai eu des imprévus. Je t'avais dit que ma femme était partie avec ma fille sans me dire où elle allait. Depuis ça s'était un peu arrangé, on avait pu discuter au téléphone et Nathalie avait accepté de rentrer. Eh bien, elle a eu un accident avec Mélanie sur la route du retour ! Il pleuvait fort et elle a perdu le contrôle de son véhicule.

- Je ne savais pas ! Elles ont été blessées ? interroge Isabelle la gorge serrée, s'en voulant intérieurement pour le ton qu'elle a adopté en prenant l'appel.

- Tu ne pouvais pas savoir. Elles ont eu beaucoup de chance. Mélanie s'en tire avec à peine une égratignure, mais Nathalie a été touchée à la tête par des éclats de verre. Heureusement, les blessures sont superficielles. Comme elle a perdu connaissance au moment de l'accident, ils préfèrent la garder en observation.

- Tu m'appelles d'où ?

- De l'hôpital d'Amiens. J'ai laissé ma mère dans la chambre de Nathalie avec Mélanie. C'est une chance que maman soit là, cela me permet de souffler un peu. Sans elle, je ne sais pas comment je ferais ! lui avoue Fred, sans savoir qu'il touche là un point sensible.

À ces mots, Isabelle ressent un pincement au cœur. Elle ne peut éviter de faire la comparaison avec sa propre mère, sur laquelle elle aussi aimerait pouvoir s'appuyer.

- Ton épouse pourra sortir bientôt ?

- Si son état continue à s'améliorer, je pense qu'on pourra rentrer tous les trois à la maison demain ou après-demain, ajoute Fred visiblement soulagé.

- Et tu as déjà réussi à lui parler ?

- En dehors de notre conversation au téléphone, pas encore, et je ne crois pas que l'hôpital soit le lieu idéal pour cela. Mais assez parlé de moi, et toi, comment te sens-tu ? demande Fred, qui se préoccupe de l'évolution du moral d'Isabelle, en dépit de ses problèmes personnels.

- En t'écoutant, je me disais que tu as de la chance d'avoir une mère comme la tienne. La mienne a toujours brillé par son absence. Je m'aperçois maintenant à quel point elle me manque quand je me sens seule. J'aimerais aussi pouvoir compter sur elle. Tu sais, je crois qu'elle s'est construit une image de mère un peu fofolle, mais j'ai de plus en plus le sentiment que c'est un masque et que je ne la connais pas vraiment.

- Il n'est pas trop tard pour apprendre à la découvrir.

- Encore faudrait-il qu'elle soit là ! Je pensais avoir réussir à resserrer les liens avec elle, mais depuis deux jours, je n'ai quasiment plus de nouvelles.

Fred est désemparé par la détresse d'Isabelle. Il en oublie ses problèmes et se concentre sur les mots qu'il échange avec celle qui est en train de devenir son amie. Il la devine angoissée, et surtout très seule. Le hall d'accueil de l'hôpital, d'où il téléphone, s'efface et il se retrouve plongé dans une discussion sur l'amour maternel. Il parle alors de sa mère à Isabelle, avec une émotion dont il ne se croyait pas capable.

L'épreuve qu'il traverse affecte son caractère. Il se surprend désormais à s'intéresser aux autres et sent qu'il gagne en maturité.

Il converse de longues minutes avec Isabelle et raccroche, apaisé. Quand il regagne la chambre, il n'a pas conscience d'avoir été absent aussi longtemps et il est surpris par la réaction de sa femme.

- Presque une heure pour aller te chercher un café. Tu es sûr que tu n'as fait que ça. Comme je te connais, tu as dû passer du temps au téléphone avec ta maîtresse. Mais c'est vrai que tu ne l'as pas vue depuis deux jours, et que ça doit te sembler long !

Fred comprend à cet instant qu'il ne peut plus différer les explications avec Nathalie. Il fait signe à sa mère de sortir avec Mélanie. Avec l'innocence de ses trois ans, celle-ci demande déjà à sa mamie pourquoi son papa a une maîtresse, alors qu'il ne va pas à l'école.

Fred reste seul avec sa femme. Nathalie espère un éclaircissement, désireuse de connaître les raisons qui l'ont tenu éloigné de la chambre.

Fred ne peut accepter davantage les reproches de sa femme sans réagir. Il prend le portable de son épouse dans la poche de son blouson et le jette sur le lit, ouvert sur le message de Franck.

Nathalie le lit et devient blême. Elle n'essaie pas de se justifier. Elle regarde son mari, les larmes aux yeux, et attend.

Que peut-elle lui dire, si ce n'est que c'est une erreur et qu'elle la regrette. D'ailleurs, à tout réfléchir, elle n'en est plus vraiment persuadée. Et puis après tout, il n'avait pas à la tromper pendant six mois ! Six mois, ce n'est quand même pas rien. Ce n'est pas tout à fait la même chose que l'égarement d'un soir !

Fred anticipe une réaction de sa femme qui ne vient pas. Il sent que s'il n'y met pas du sien, la situation va demeurer bloquée. Il a fini par comprendre que le dérapage de sa femme est surtout la conséquence de son attitude des derniers mois.

Il décide alors de mettre entre parenthèses l'épisode Franck pour reconquérir sa femme. Il prend la résolution d'être sincère et de ne rien cacher à Nathalie. Dans cet exercice périlleux, il aborde successivement la liaison avec Élodie, à laquelle il a mis fin, l'agression dont il a été accusé à tort, les rumeurs qui ont conduit à la perte de son emploi et les liens qu'il a tissés avec Isabelle, la victime. C'est elle qu'il a appelée avant de rejoindre la chambre.

Nathalie l'écoute sans rien dire. Surprise par le trop-plein d'émotions généré par la confession de Fred et par les événements des derniers jours, elle éclate en sanglots.

Fred s'approche alors de sa femme et la prend dans ses bras. Nathalie ne le repousse pas et enfouit sa tête dans le creux de son épaule. Mais ce que Fred prend pour le début d'une réconciliation correspond plutôt chez Nathalie à l'expression d'un profond désarroi.

*

Sidonie exulte. Le contrat est signé ! Cela fait plus d'un mois que la négociation a débuté et elle peut enfin savourer sa victoire. Elle a des étoiles dans les yeux en pensant à la confortable commission qu'elle va toucher.

Elle a réussi un de ses meilleurs coups. Elle est parvenue à assurer la totalité de la flotte d'engins de chantier d'une grosse entreprise de BTP de la région. Deux autres concurrents étaient sur l'affaire et c'est elle qui l'a emporté. Elle n'est pas peu fière de sa performance. Tout de suite, elle essaie de joindre Michel pour lui faire partager sa joie, mais tombe sur son répondeur.

Un peu déçue, elle lui laisse un court message en lui demandant de la rappeler et décide de partir plus tôt de son travail, car après tout elle le mérite.

Elle se fait intérieurement la remarque qu'en ce moment tout lui sourit. Elle a un nouvel amant, avec lequel elle envisage une véritable relation, et professionnellement, elle cartonne.

Elle voit passer devant elle un couple habillé en mariés, monté sur un tandem. La scène plutôt incongrue lui déclenche un sourire. Il y a longtemps qu'elle ne s'est pas sentie aussi bien.

Le soleil rayonne. Confiante, elle s'installe dans sa voiture et se dirige vers le domicile de Bertrand Rivaldi. Il est un peu plus de quatre heures.

Cela lui laissera du temps devant elle pour repérer les lieux.

*

Alors que depuis le début de la journée, Michel s'activait pour recueillir les dépositions des témoins du braquage de la supérette, une inquiétude sourde a commencé à naître en lui. D'abord un léger doute, et ensuite une certitude.

Il ne croit plus que Sidonie ait abandonné aussi facilement son idée de participer à l'interpellation de son agresseur. Il commence à mieux la cerner et il a l'impression que quelque chose sonne faux dans le fait qu'elle ait renoncé si rapidement à son projet. Il a prévu de la retrouver ce soir. Ce sera l'occasion de la sonder pour savoir ce qu'elle a vraiment en tête.

Durant la matinée, il a interrogé une employée choquée par la détermination des braqueurs. Des braqueurs qui n'ont pas hésité à la frapper pour accéder au coffre. Michel connaît donc parfaitement les dangers qui existent à vouloir s'opposer à une personne potentiellement violente.

Michel s'aperçoit à cet instant que Sidonie a laissé un message. D'un ton joyeux, elle demande de la rappeler. Tout juste comprend-il qu'elle a quelque chose à fêter. Il est sur le point de la contacter, quand il aperçoit le commissaire qui se dirige vers lui.

*

Robert Pelissier est déçu par le comportement de sa fille. Il a élevé quasiment seul Isabelle, et celle-ci se rapproche soudainement de sa mère, après trente ans. D'un seul coup, les rôles sont inversés et il devient brutalement le mauvais père. Il admet qu'il n'a pas toujours été parfait, mais l'homme politique a quand même beaucoup de mal à accepter une situation qu'il juge injuste.

Il a été infidèle, et alors ? Des tas d'hommes sont dans son cas. Voilà bien une sensibilité féminine mal placée. S'il a trompé sa femme à l'époque, ce n'était pas uniquement de sa faute. Elle aussi avait sa part de responsabilité, en ne parvenant pas à le garder dans son lit. Et puis, c'est un homme public, avec tout ce que cela comporte comme tentations. Elle aurait dû en tenir compte et tolérer ses débordements !

Avec toute la mauvaise foi dont il est capable, Robert cherche par tous les moyens à se justifier, et en faisant cela, il ne réalise pas que cette attitude l'éloigne de sa fille.

Isabelle est maintenant handicapée et son père a du mal à l'admettre. Il se sent terriblement impuissant. Le premier adjoint est obligé de constater que, malgré les moyens de pression que sa carrière politique lui procure, il n'a pas réussi à obtenir l'arrestation du coupable.

Robert enrage de ne pas pouvoir tenir entre ses mains le salopard qui a rendu sa fille infirme. Il refuse de laisser les choses en l'état. Il garde un œil sur l'enquête et est déterminé, si le coupable est identifié, à faire en sorte qu'il soit puni d'une façon exemplaire. Robert ignore comment il procédera, mais pour retrouver la confiance d'Isabelle, il se sent prêt à tous les sacrifices.

23

Pour se familiariser avec les lieux, Sidonie a parcouru par deux fois la rue où réside Bertrand. Une petite rue étroite, bordée de maisons en briques, aux peintures plus ou moins défraîchies. Elle a identifié le logement qu'elle recherche. Une des seules maisons à disposer d'un garage.

En ce mardi de juillet, le quartier résonne des cris des enfants. Des habitants ont sorti des chaises et se sont installés à même le trottoir pour discuter entre voisins. Une partie de foot animée se déroule sur la chaussée. Des voitures tentent de circuler à grand coup de klaxon, parmi les joueurs à peine âgés d'une dizaine d'années.

Dans cette agitation de fin d'après-midi, personne ne prête attention à Sidonie.

Celle-ci s'approche d'une des fenêtres de l'habitation et jette un regard à l'intérieur. La petite maison semble déserte. Le salon est parfaitement en ordre et donne sur une cuisine, qui semble ne pas avoir été utilisée récemment. Un cadre photo trône sur la cheminée. En collant son visage sur la vitre, elle croit y reconnaître le visage de son harceleur entre deux personnes plus âgées. Selon toute vraisemblance, ses parents.

Il faut qu'elle en ait le cœur net. Elle doit absolument avoir la confirmation qu'il s'agit bien de Bertrand Rivaldi, avant d'alerter Michel.

Tout paraît calme. L'agitation qui règne dans la rue la rassure. À tout hasard, Sidonie sonne pour s'assurer de l'absence des occupants. Pas de réponse. En levant la tête, elle a l'impression d'entrevoir à l'étage une ombre derrière une fenêtre. Sans doute, est-ce le caractère inhabituel de la situation qui titille son imagination. Elle doit se calmer. À cette heure-ci, elle ne risque pas grand-chose.

Après trois tentatives, elle en déduit que la maison est vide. Elle est sur le point de s'éloigner, quand la porte s'ouvre brutalement. Deux mains l'empoignent et l'attirent à l'intérieur. Déconcertée, elle ne réagit pas suffisamment vite. Un objet s'abat sur son crâne. Une douleur sourde. Dans un brouillard, elle a tout juste le temps d'entendre la porte se refermer, du verre se briser, et puis plus rien. Le néant.

À l'extérieur, la vie poursuit son cours. Cris, rires et avertisseurs de conducteurs impatients laissent supposer qu'il ne s'est rien passé. À tel point que personne ne semble avoir remarqué la soudaine disparition de Sidonie Bazec.

*

Bertrand a passé la journée chez lui, à jouer en réseau. Il s'est à peine arrêté pour manger, prenant grand soin à ne pas perturber l'ordre méticuleux imposé par sa mère. Une maniaquerie qui l'agace, mais qu'il n'a jamais cherché à contester jusqu'à présent.

Un souvenir fugace lui revient. La peinture abîmée d'une porte lors d'un jeu d'enfant. La punition qui suit. Sa mère fébrile qui se précipite pour recouvrir d'un coup de peinture les « dégâts » causés, et cette urgence dans le regard, comme si ce simple geste allait empêcher une catastrophe imminente. Ce jour-là, du haut de ses dix ans, il avait vraiment eu peur.

Pour le moment, Bertrand profite de la maison familiale. Il s'est installé dans une chambre située à l'étage. Il commence une nouvelle partie de « World of Warcraft », quand la sonnette retentit.

Rendu nerveux par les événements de la veille, il jette discrètement un œil par la fenêtre pour tenter d'apercevoir le visiteur. Une jeune femme blonde est devant la porte. Que peut-elle lui vouloir ? Comme si elle avait deviné sa présence, la visiteuse lève la tête. Il fait vivement un pas en arrière pour éviter d'être vu. Il a le temps de distinguer furtivement un visage qui lui paraît familier, sans parvenir à l'identifier.

Bertrand est troublé. Même s'il n'a qu'entraperçu ses traits, il en est déjà convaincu. Elle correspond en tous points à son idéal féminin.

Un changement s'opère alors en lui. La providence amène la jeune femme jusqu'à lui. Il va en profiter. Il tient là peut-être sa future victime. Un mélange d'excitation et de peur s'empare de Bertrand. Il est prêt à repartir en chasse.

Au deuxième coup de sonnette, Bertrand se décide à agir.

Sans bruit, il descend l'escalier. Elle ne peut pas le voir. Au troisième coup de sonnette, il s'approche de la porte d'entrée et met une main sur la poignée. De l'autre, il attrape une des cannes de son père. Il doit agir vite. Il ouvre alors la porte d'un seul coup et happe la visiteuse à l'intérieur. Il se sert du pommeau, comme d'une matraque, et lui assène un coup derrière la nuque. Surprise, elle ne résiste pas et s'effondre. Dans sa chute, elle entraîne un vase en cristal, posé sur un petit guéridon. Bertrand le voit tomber et se briser, sans parvenir à le rattraper.

Alors qu'il vient de franchir un échelon supplémentaire dans sa descente aux enfers, le jeune homme se surprend à penser en premier lieu à sa mère, car il sait déjà qu'elle n'appréciera vraiment pas la perte de son vase préféré.

*

Ignorant ce qui est en train de se tramer, Michel a passé la journée à chercher des indices et à interroger des témoins, dans le cadre de son enquête sur le braquage de la supérette. Il est moralement épuisé et ne songe qu'à retrouver Sidonie. Il n'a pas prévu de repasser au commissariat, et n'étant pas de permanence, se dit qu'il sera toujours temps de rédiger son rapport demain.

Malgré quelques années d'expérience dans la police, Michel est toujours surpris par la violence que des individus sont prêts à utiliser pour parvenir à leurs fins. Dans le cas présent, pour quelques centaines d'euros, des petites frappes, au nombre de trois, ont pris des risques inconsidérés. Ils n'ont pas hésité à frapper une employée pour accéder à un coffre qu'ils n'ont pas réussi à ouvrir. Tout ça, pour ne finalement faucher que quelques fonds de caisse. En définitive, un bien maigre butin au regard de leur détermination.

Michel a beau savoir qu'il va bientôt retrouver Sidonie, cela ne l'empêche pas d'être inquiet pour elle. Elle lui a laissé un message en milieu d'après-midi, demandant de la rappeler. Depuis, il a essayé de la joindre sans succès plusieurs fois. Michel est pris d'un sombre pressentiment. Et s'il ne s'était pas trompé ? Et si Sidonie avait réellement poursuivi son enquête seule ?

Il essaie de se rassurer comme il peut, en se disant que Sidonie doit avoir une bonne raison pour ne pas décrocher. Une réunion qui s'éternise, un problème de batterie ou plein d'autres possibilités. Il ne sait pas trop. Mais dans ce cas, pourquoi s'être donné la peine de lui laisser un message ?

Il a convenu de se rendre chez elle à dix-neuf heures. S'il n'a pas de nouvelles d'ici là, il l'y attendra. Il a juste le temps de faire un saut chez lui pour se changer avant.

Il se pose des questions sur la surprise qu'elle lui réserve. Dans son bref message, elle a paru euphorique mais n'a pas donné d'indices. Il faut dire qu'il était censé s'entretenir avec elle. Elle lui aurait probablement fourni des explications s'ils avaient réussi à se parler. Il n'a plus qu'à espérer la retrouver tout à l'heure à son domicile.

Un peu moins d'une heure plus tard, il se présente devant l'immeuble de Sidonie. Il a beau appuyer avec insistance sur la touche de l'interphone, il doit se rendre à l'évidence, la jeune femme n'est toujours pas chez elle.

Il sent à nouveau l'inquiétude le gagner. Son silence est tout sauf normal. Michel retourne le problème dans tous les sens. Il ne voit rien qui puisse expliquer son absence. Il lui est forcément arrivé quelque chose ! Il ne doute pas qu'elle aurait essayé de le joindre si cela avait été un simple contretemps. Surtout, après les tentatives de Michel pour la contacter.

L'angoisse commence à s'emparer de Michel. Il essaie une nouvelle fois de l'appeler sur son portable. Sans succès ! Il laisse un nouveau message, sans trop y croire. Où peut-elle bien être ? Michel reste encore plusieurs minutes à observer les fenêtres non éclairées de l'appartement de Sidonie, ne sachant quoi faire. Il en arrive à soupçonner que la disparition soudaine de son amie puisse avoir un rapport avec Blondie. Aurait-elle réussi à l'identifier et à retrouver sa trace ?

Michel décide finalement de rejoindre le commissariat. Il trouvera là-bas les moyens à mettre en œuvre pour démarrer rapidement des recherches.

*

Au même instant, Lucas, six ans, est à table. Il explique à sa maman, avec ses mots d'enfant, qu'il a vu une dame se faire enlever devant une maison.

Malgré son insistance, elle refuse de le croire. Il a beau lui dire que c'est vrai, qu'il ne ment pas, qu'il n'a pas rêvé et qu'il l'a même vue se faire assommer. Rien n'y fait. Quand il ajoute que cela s'est passé exactement comme à la télé, sa mère, fatiguée par l'imagination débordante de son fils, finit par s'énerver. Elle lui ordonne de terminer son assiette immédiatement.

La discussion s'arrête alors là, et Sidonie Bazec perd une occasion d'être retrouvée rapidement.

*

Bertrand est en pleine confusion. Rien ne s'est passé comme il l'avait imaginé. Bien que sportif, il a éprouvé le plus grand mal à installer sa victime sur un fauteuil et à l'attacher solidement. Inconsciente, elle a représenté un poids mort qu'il a eu le plus grand mal à déplacer.

Son premier sentiment d'excitation, devant le corps de la jeune femme, a rapidement été remplacé par un début de panique. Qu'a-t-il fait ? Vouloir embrasser par surprise une inconnue est une chose, mais en tenir une à sa merci, pour en théorie abuser d'elle, est d'une tout autre teneur. Et après, que fera-t-il ? Elle sait où il habite. Elle connaît son visage. Il ne va quand même pas la tuer.

Il l'observe, immobile. Elle est belle, très belle même. Elle est à sa merci. Il pourrait lui enlever ses vêtements et faire d'elle ce qu'il veut. Mais curieusement, il hésite. Sa beauté le trouble et l'intimide. Il réalise qu'il va devoir la

216

bâillonner avant qu'elle ne reprenne ses esprits. Il ne peut pas courir le risque qu'elle attire l'attention par ses cris.

Il noue un foulard en travers de sa bouche et doit pour cela lui entrouvrir les lèvres. En voyant sa bouche offerte, il hésite à l'embrasser, mais renonce lorsqu'elle bouge légèrement. Il serre le tissu et recule.

Elle ne peut maintenant plus crier, ni s'échapper. Il dispose d'un peu de temps avant qu'elle ne revienne à elle.

Bertrand a besoin d'être seul pour réfléchir. Trop de tension. Il monte à l'étage et gagne sa chambre. Le décor familier l'aidera à trouver une solution. Il commence alors à arpenter la pièce pour se détendre.

*

Quand Sidonie émerge de sa torpeur, elle met quelques secondes à réaliser où elle est. Elle a beau ouvrir les yeux, elle n'arrive pas à percer l'obscurité qui règne dans la maison. Une seule certitude, elle est seule.

Sa tête lui fait mal. Elle est attachée sur un fauteuil et son agresseur a pris soin de la bâillonner. Elle essaie de bouger ses membres, mais ses liens sont étroitement serrés et elle ne fait qu'entailler ses chairs.

Qu'est-ce qui lui a pris de jouer les justicières ? En plus, personne ne sait où elle se trouve. Elle aurait dû s'arranger pour prévenir Michel, avant de se lancer dans une aventure aussi stupide. Il aurait désapprouvé son initiative, mais au moins, elle ne serait pas à cet instant à la merci d'un individu, dont elle ignore les intentions.

Sidonie est prise de tremblements incontrôlés. Elle doit se retenir pour ne pas paniquer. Elle se force à maîtriser sa respiration pour reprendre le contrôle de son corps.

Ses yeux commencent à s'habituer à la pénombre. Son agresseur, selon toute vraisemblance Bertrand Rivaldi, n'a pas baissé le volet complètement et une mince clarté filtre à travers les lames. Elle finit par reconnaître le salon qu'elle a entraperçu par la fenêtre.

Où peut-il bien être ? Elle cherche à localiser l'homme, quand elle entend un bruit à l'étage. Cela ne peut être que lui. À moins qu'il ne dispose d'un complice ? À cette pensée, son ventre se contracte et une boule d'angoisse lui noue l'estomac.

Sidonie tend l'oreille. Elle n'entend que des pas qui résonnent à travers le plafond. Pas de bruits de conversation. Donc, apparemment, une personne seule.

Elle fait rapidement un inventaire de la situation pour éviter de céder à l'affolement. Il ne l'a pas touchée. Hormis le coup qu'elle a reçu derrière la tête, il s'est contenté de l'immobiliser.

Elle tente de rassembler ses idées. Il ne pouvait pas savoir qu'elle viendrait. Il a nécessairement improvisé. La jeune femme ne sait plus quoi penser. L'expérience qu'elle a acquise de sa première confrontation avec Bertrand Rivaldi ne laissait pas présager un acte aussi violent. Sidonie a le souvenir d'un mec plutôt lourd, pas d'un kidnappeur potentiel. Que peut-il bien lui vouloir en fin de compte ?

L'incertitude l'amène à envisager le pire. Le viol ? Ou pire, le meurtre après, pour qu'elle ne l'identifie pas ? Malgré ces perspectives peu réjouissantes, Sidonie essaie de garder la tête froide. Surtout, ne pas paniquer !

L'agitation qu'elle perçoit à l'étage lui laisse à penser que son ravisseur hésite. Tout est probablement trop soudain pour lui. Manifestement, rien n'a été anticipé, et il ne sait pas trop quoi faire d'elle.

Elle a encore une chance de le raisonner. Ce n'est peut-être pas un vrai méchant, et puis la manipulation, c'est son truc à elle. Sidonie en a même fait la base de son métier. Ses talents de négociatrice n'en font-ils pas un des meilleurs éléments du cabinet d'assurance où elle travaille ? Mais encore faudrait-il qu'il lui permette de s'exprimer en lui enlevant son bâillon.

Fuir lui vient à l'esprit, mais cela nécessite de faire basculer le fauteuil, et elle ignore comment elle se recevra. Elle risque de s'assommer dans sa chute. Cela reste hasardeux et le bruit risque de l'alerter, et même de le mettre en colère. Ce qu'elle veut éviter avant tout.

À l'extérieur, la rue est toujours animée et des éclats de voix lui parviennent du dehors. Ah, si seulement elle avait la possibilité d'attirer l'attention !

Le soleil n'est pas encore couché, mais il décline. Elle est restée inconsciente pendant plusieurs heures. Il y a donc de fortes chances pour que son compagnon soit déjà à sa recherche. Le fait qu'elle ne réponde pas à ses appels a dû l'inquiéter. Ne pas se décourager ! Il y a peut-être un espoir pour que Michel trouve sur son bureau la fiche qui lui a permis d'identifier son harceleur.

Après tout, lui aussi a été en contact avec Bertrand Rivaldi. En voyant la photo qui figure dessus, il sera capable de faire le rapprochement !

24

Vingt-deux heures. Marc vient de partir.

Isabelle a enfin pu avoir une véritable discussion avec lui. Elle lui a parlé des angoisses qui hantaient ses nuits, et plus généralement, elle a abordé les sujets qui lui tenaient à cœur.

La jeune femme a été rassurée. Pour la première fois, elle a perçu un réel changement dans son attitude. Elle a eu le sentiment de retrouver le Marc d'avant sa chute.

Il a fini par comprendre que la paralysie d'Isabelle aurait des conséquences sur leur vie quotidienne. Marc ne fait plus semblant de croire que tout va reprendre comme avant. Il commence à percevoir les contraintes de l'état de sa compagne sur l'avenir de leur couple, et ne se borne plus à croire que quelques aménagements suffiront à redéfinir les bases de leur amour.

Le nouvel état d'esprit de son fiancé procure énormément de bien à Isabelle. Elle pense désormais pouvoir à nouveau envisager un futur avec lui. Jusque-là, son agression l'avait plongée dans le doute et elle en était même arrivée à s'interroger sur l'opportunité de poursuivre leur relation.

Autre point positif de la journée, sa mère l'a appelée en fin d'après-midi et lui a assuré qu'elle passerait la voir demain. Isabelle a tant de questions à lui poser. À la suite des sous-entendus de son père, elle a le sentiment que sa mère ne lui a pas tout dit et cela la perturbe.

Elle allume la télé et commence à zapper.

Distraite, elle repense à la conversation qu'elle a eue quelques heures plus tôt avec Fred. Les sentiments qu'elle éprouve à son égard sont étranges. Elle ne pense pas être amoureuse de lui, dans la mesure où son cœur appartient toujours à Marc. Elle l'a compris aujourd'hui. Pourtant indéniablement, elle tient à lui, alors qu'elle ne le connaît que depuis quelques jours.

Elle a toujours pensé une véritable amitié entre un homme et une femme impossible, avec une frontière entre relation amicale et relation amoureuse trop mince, pour qu'à un moment, il n'y ait pas confusion entre les deux. À cet instant, ses certitudes sont ébranlées. Il y a un véritable lien qui s'est établi entre eux et elle ne veut surtout pas le rompre.

*

Plus les heures passent et plus l'inquiétude de Michel gagne en intensité. À tout hasard, il a contacté les hôpitaux de l'agglomération. Sans réussite. Le policier ne sait plus quoi penser. Toutes ses recherches sont demeurées vaines. Pas la moindre trace de Sidonie. Même son signalement aux patrouilles sur le terrain n'a pas abouti à davantage de résultats.

La nuit est tombée. Michel cherche toujours, en vain, un moyen de la retrouver.

Si l'hypothèse « Blondie » se vérifie et que Sidonie est parvenue à dénicher l'adresse de ce pervers, comment s'y est-elle prise ? Un document trouvé par hasard sur le net ? Peut-être, mais dans ce cas, Michel ne voit pas trop comment elle a réussi à obtenir l'information. Qu'elle ait réussi à le localiser alors que lui-même a échoué lui paraît tellement…

Il ouvre son ordinateur et commence à pianoter sur le clavier. Il surfe au hasard et s'aperçoit bien vite que, sans un indice pour l'aider, il ne réussira à rien.

Découragé, Michel s'étire et se lève pour prendre un café. Il est près de vingt-trois heures. Le commissariat est calme. Il entend au loin une sirène d'ambulance et sursaute. Immédiatement, il pense à Sidonie et une bouffée d'angoisse l'envahit.

Le café est trop chaud. Il se brûle la langue et pose le gobelet sur les fiches préparées par le brigadier Petit.

*

Au même instant, Sidonie n'en mène pas large. Le bâillon est trop serré et elle a soif. Sa vessie la fait également terriblement souffrir. Et aucune possibilité de se soulager, si ce n'est accepter une humiliation supplémentaire.

La jeune femme est en plein doute et elle a peur. Elle est aux prises avec des tremblements et elle a toutes les peines à les maîtriser. Aussi, elle doit se calmer et essayer de masquer son état émotionnel. Il en profiterait.

Sidonie tend l'oreille. À l'étage, les bruits de pas se sont arrêtés. Un silence, une porte qui claque, des marches qui grincent dans l'escalier. Elle est sur le point d'avoir de la visite.

Vite, Sidonie se concentre sur sa préoccupation immédiate : l'attitude à adopter quand il va entrer dans la pièce ! Elle songe bien à simuler qu'elle n'a pas repris connaissance. Mais cela contribuera surtout à l'énerver et elle en sera quitte pour un verre d'eau en plein visage. Dans le meilleur des cas.

Elle n'a pas le temps de s'interroger plus longtemps. Le plafonnier éclaire brutalement la pièce. Éblouie par la clarté soudaine, elle cligne des yeux et met quelques secondes à réussir à identifier son agresseur.

Elle ne s'était pas trompée. Bertrand Rinaldi est face à elle et la regarde fixement. Il ne s'est même pas donné la peine de dissimuler ses traits. Un mauvais présage pour elle. Il ne la laissera pas repartir. Elle en a la certitude.

Sidonie bouge les lèvres pour lui faire comprendre qu'elle veut lui parler. Il se contente de l'observer en hochant la tête. Il demeure muet, en la dévisageant pendant un temps qui lui semble interminable, puis se décide enfin à lui adresser la parole.

Elle est alors surprise d'entendre sa voix. Une voix pleine d'assurance, tout en puissance, très éloignée du bégaiement dont elle a le souvenir.

- Ton visage de fouineuse ne m'était pas inconnu et ça a fini par me revenir. C'était toi devant le cinéma, il y a un peu plus d'un mois. Je t'ai demandé un baiser et tu m'as repoussé, avec ton air supérieur ! Et les horreurs que tu m'as dites. Tu t'en rappelles au moins ? Bien sûr que tu t'en rappelles, sinon tu ne serais pas là. Mais maintenant, tu fais moins la fière, hein pétasse ! Cette fois, personne n'est là pour t'aider. Tu vas voir ce qui va t'arriver. Quand on se moque de moi, on doit s'attendre à en subir les conséquences !

Sidonie comprend rapidement que Bertrand ne lui retirera pas le foulard qui lui cisaille la bouche. Il a entamé un monologue et n'a pas prévu de la laisser s'exprimer. Son agressivité ne la rassure pas, et elle s'attend au pire.

- Et puis d'abord, que faisais-tu devant ma maison et comment as-tu fait pour me retrouver ? Bah, tes réponses sont sans intérêt. Je n'ai pas envie d'entendre tes mensonges et je ne prendrai pas le risque d'enlever ton bâillon. Tu en profiterais pour réclamer de l'aide et tu me supplierais de te libérer, car tu ne peux compter que sur toi. J'en suis même sûr. Il est évident que tu es venue seule. Les flics seraient déjà chez moi, sinon.

Bertrand est lui-même surpris par son assurance. Rassuré même. Il va montrer à cette petite pute qui est le chef.

Sa réserve du début a disparu. Bertrand est redevenu un prédateur.

- Je te laisse réfléchir à ce qui t'attend. Moi, j'ai tout mon temps. La nuit te fera comprendre ce qu'il en coûte de m'humilier. Je ne crois pas que tu puisses t'échapper, mais par sécurité, je vais quand même t'enlever tes vêtements. Comme ça, je suis certain que tu ne tenteras rien !

Bertrand est fier de son initiative et la vue du visage blême de Sidonie finit de le convaincre qu'il a pris la bonne décision. Il a simplement oublié un détail. Lui ôter ses habits est une bonne idée, mais pas évidente à mettre en œuvre lorsqu'une personne est ligotée.

Pourtant, Bertrand ne peut prendre le risque qu'elle puisse s'enfuir. Il n'a pas d'autre choix.

Pour ne pas avoir à lui enlever ses liens, il s'arme d'une paire de ciseaux et entreprend de découper méthodiquement, d'abord son chemisier, puis son jean. Le pantalon lui prend plus de temps. La toile épaisse résiste d'abord, puis finit par céder.

Il hésite à la dévêtir complètement et décide, au dernier moment, de lui laisser ses sous-vêtements. Il aura la journée de demain pour s'amuser avec elle, inutile de se précipiter !

Content de son œuvre, Bertrand prend quelques minutes pour admirer les courbes de Sidonie. Elle est belle et il reste intimidé par sa beauté. Une certaine réserve lui interdit d'aller plus loin. Curieusement, Bertrand n'ose pas toucher son corps alors qu'elle est à sa merci, mesurant la distance entre paroles et actes.

Il décide d'attendre, malgré le plaisir malsain qu'il éprouve à la contempler. Il éteint la lumière et monte se coucher.

Sidonie a eu peur. Très peur même. Elle a frémi en mesurant sa détermination, quand il a entrepris de la dévêtir.

Elle est maintenant seule dans le salon et son cerveau fonctionne à toute vitesse. Il ne l'a pas encore touchée, tout au plus s'est-il contenté de lui frôler les seins quand il a déchiré son chemisier. Toutefois, cela ne va pas durer. Son regard lubrique, quand il l'a détaillée des pieds à la tête, en est la confirmation.

À son réveil demain, elle ne se fait pas d'illusions. Il sera beaucoup plus entreprenant. Elle craint le pire. D'autant qu'elle est parfaitement consciente qu'il ne peut pas se permettre de la laisser repartir. Elle en sait désormais beaucoup trop sur lui.

Elle se force à canaliser ses émotions pour conserver sa lucidité. Sa vessie est toujours douloureuse et elle se retient avec peine d'uriner sur elle.

En dépit de l'obscurité, la Lune, dont la clarté filtre à travers les volets, laisse entrevoir l'intérieur de la pièce. Elle ne met pas longtemps pour apercevoir les ciseaux que Bertrand a abandonnés sur la table basse du salon. Son cœur bondit dans sa poitrine à cette découverte, et elle reprend espoir. En définitive, tout n'est peut-être pas perdu. Elle n'a qu'un mètre à parcourir pour les atteindre.

En s'appuyant sur ses pieds, elle doit pouvoir réussir à déplacer le fauteuil suffisamment près pour s'en emparer.

Petit à petit, centimètre par centimètre, elle se rapproche de sa cible. Le bruit, qu'elle génère en progressant, lui fait craindre à tout moment l'arrivée de Bertrand, et par deux fois, le fauteuil manque de basculer. Ses muscles lui font mal et ses liens trop serrés lui engourdissent les membres. Obnubilée par le désir d'être libre, elle finit par attraper la paire de ciseaux avec l'extrémité d'un doigt.

Ses mains attachées derrière le dos lui rendent la tâche difficile, mais à force de patience, elle réussit à améliorer sa prise pour utiliser une des lames comme un couteau. Après plusieurs minutes d'effort, qui lui paraissent une éternité, elle parvient enfin à se libérer les mains.

Son cœur bat la chamade. Elle tend l'oreille. Elle se prépare à chaque instant à entendre des pas dans l'escalier, mais tout demeure silencieux. Rapidement, elle coupe les liens qui lui enserrent les jambes et retire le foulard de sa bouche.

Elle étire son corps endolori, et ne pouvant davantage se retenir, se soulage directement sur le tapis. Un souvenir de sa détention, à l'intention de son tortionnaire.

Elle doit maintenant sortir de la pièce, sans plus tarder. Elle tire doucement la sangle du volet roulant, suffisamment pour libérer un passage, et ouvre la fenêtre. Un craquement retentit dans le salon. Elle enjambe le rebord, fébrile, s'attendant à tout moment à voir surgir son geôlier, et se retrouve à moitié nue dans la rue déserte.

Elle est libre. Une vague d'émotion la submerge. Elle se voyait déjà morte, et finalement, elle est libre.

Sidonie a eu beaucoup de chance. Son lieu de détention au rez-de-chaussée a facilité son évasion. Elle n'ose imaginer ce qu'il serait advenu d'elle si le salon de son ravisseur s'était situé dans un appartement comme le sien, au cinquième étage.

Malgré l'urgence de la situation, elle ne peut réprimer un sourire. Comment ce crétin a-t-il pu penser que le simple fait d'être en sous-vêtements allait l'empêcher de s'enfuir ? Même en tenue d'Ève, elle n'aurait pas hésité.

Désormais, il est impératif pour Sidonie de trouver un moyen de s'éloigner au plus vite de l'habitation.

Elle ne peut compter sur son véhicule. Ses clés de voiture sont restées dans la poche de son jean en lambeaux sur le tapis du salon, et pour ajouter à la confusion, son sac à main attend sagement dans le coffre le retour de sa propriétaire, avec à l'intérieur son portable. Portable, qui à n'en pas douter, doit être saturé par les messages inquiets de Michel.

Pas d'autres solutions donc que d'utiliser ses jambes. Des jambes qui peinent à la supporter, tant elles ont souffert de leur immobilisation forcée.

Elle commence à se mettre en route et jette un dernier regard sur la maison qu'elle vient de quitter. Et c'est alors qu'en dépit de la douceur de la nuit, elle ne peut réprimer un frisson : une lumière s'est allumée à l'étage !

25

Antonio n'a guère de chance en amour. Sa vie sentimentale est un véritable désert. Il faut dire que sa passion dévorante pour les courses hippiques a contribué à décourager ses compagnes successives. Ce qui fait que le soir venu, une fois sa journée de travail terminée, il doit bien avouer qu'il s'ennuie.

Pour mettre un peu de piment dans son existence morose, il a pris l'habitude, depuis quelques mois, de parcourir la nuit les rues de Roubaix à la recherche d'émotions fortes. Une bagarre, un feu de voiture, la vente de drogue à la sauvette, tout est bon pour observer la faune roubaisienne en pleine action et se procurer des décharges d'adrénaline à bon compte.

Quand il voit, à la lumière des phares de sa voiture, une beauté blonde au milieu de la route, simplement vêtue d'un soutien-gorge et d'une petite culotte, Antonio pense d'abord à une prostituée à la recherche d'un client. Bien que n'étant pas un utilisateur régulier de ce type de prestations tarifées, l'apparition féminine ne le laisse pas insensible et il se sent prêt à se renseigner sur ses conditions.

En se rapprochant, il comprend assez vite que l'inconnue n'est pas là pour le faire profiter de ses charmes. Elle est différente des professionnelles qu'il croise habituellement pendant ses balades nocturnes. Quand il s'arrête à sa hauteur, la réaction de la jeune femme est inattendue et peu conforme aux usages de la profession. Elle monte fébrilement à la place du passager et lui crie de redémarrer. L'extrême tension dans sa voix l'incite à ne pas poser de questions et à enclencher la première. Totalement hystérique, elle verrouille l'ouverture des portes et se recroqueville en tremblant sur son siège, la tête entre les mains.

Au moment où la voiture s'ébranle, le poing d'un individu s'abat sur le pare-brise. L'homme, très énervé, essaie d'ouvrir de force la portière pour en extirper la passagère. Antonio prend peur, sentant que la situation lui échappe. Il accélère pour se débarrasser de l'importun, persuadé d'avoir affaire à mari violent, ou pire, à un proxénète cherchant à récupérer sa protégée.

En voyant cela, l'énergumène tente de s'agripper à la poignée, mais le véhicule prend rapidement de la vitesse et le contraint à lâcher prise. Il perd l'équilibre et s'étale de tout son long sur la chaussée.

- Emmenez-moi au commissariat, cet homme m'a séquestrée ! Vite, je vous en prie, supplie sa passagère. C'est horrible, il m'a…

Mais Sidonie, puisqu'il s'agit d'elle, ne peut terminer sa phrase et éclate en sanglots. C'en est trop. Toute l'émotion, accumulée ces dernières heures, remonte à la surface. Subissant le contrecoup de sa détention, Sidonie a les nerfs qui lâchent. Elle maîtrise difficilement des tremblements qui trahissent sa profonde détresse.

Antonio n'est pas, à proprement parler, un modèle de courage, mais cette fois pourtant, il décide d'aller jusqu'au bout pour protéger la personne qui se trouve à ses côtés. Ému par la détresse de la jeune femme, il ne réfléchit pas plus longtemps et se dirige vers le commissariat. En parlant doucement à sa passagère pour la rassurer, il lui tend le plaid qui recouvre la banquette arrière. Sidonie s'en empare et s'enroule dedans. Complètement hagarde, elle se mure alors dans le silence, le reste du trajet. Il est évident qu'elle a subi un traumatisme, aussi Antonio, d'habitude si volubile, choisit de respecter son mutisme.

Arrivé à destination, il l'accompagne à l'intérieur du bâtiment, où un policier de permanence prend le relais pour réconforter Sidonie et lui proposer un café.

Après avoir fait sa déposition, Antonio rentre chez lui, scrutant son rétroviseur à plusieurs reprises et appréhendant d'être suivi. Un proxénète vindicatif reste une éventualité. Aussi préfère-t-il être prudent.

Le pare-brise de sa voiture, étoilé sous l'impact du poing de l'enragé, est là pour lui rappeler la scène à laquelle, bien involontairement, il a pris part. Preuve s'il en est que ce qu'il a vécu était bien réel et d'une extrême violence. À cet instant, Antonio ne désire plus qu'une chose, se coucher et pour un temps éviter les virées nocturnes.

Courageusement, il prend alors la résolution, pour les prochains jours, de limiter son besoin d'émotions fortes à un film d'action devant la télé. Une distraction a priori moins risquée…

*

Quand Bertrand se retrouve le nez sur le bitume et voit les feux arrière de la voiture s'éloigner, il comprend très vite ce que cela signifie pour lui. Fuir, et sans perdre une seconde !

Les conséquences de l'évasion de Sidonie sont évidentes. La police ne va pas tarder à débarquer chez lui. Il doit se dépêcher de quitter la maison.

Il rentre chez lui précipitamment, attrape un sac et y jette pêle-mêle quelques affaires. Il prend tout l'argent liquide qu'il peut trouver et part du logement en courant. Il a un pincement au cœur, à l'idée de tout ce qu'il abandonne, mais ne se retourne pas. Sa vie vient de basculer, de façon définitive.

Il aurait bien aimé emprunter la voiture de sa mère, mais celle-ci a pris soin de dissimuler les clés avant de partir et il n'a plus guère le temps de chercher. Il est forcé de constater que même sa propre mère ne lui fait pas confiance. Et le pire dans tout ça, c'est qu'il ne peut que lui donner raison.

Dans l'immédiat, Bertrand ne sait pas où aller. Il doit se cacher, mais la famille ou les hôtels des environs seraient a priori les premiers lieux où la police le rechercherait. Restent les connaissances. Maxime, son meilleur copain, devrait pouvoir l'héberger. Il lui expliquera qu'une grosse fuite d'eau dans sa maison l'oblige à déserter temporairement les lieux, au moins pendant la durée des travaux. Cela lui laissera un peu de répit, mais ne représentera qu'un sursis.

Trouver un toit pour dormir n'est pas la seule préoccupation de Bertrand. Il ne peut plus se présenter à son travail sans risquer d'être arrêté. Et sans travail, il sera vite à court d'argent.

Et ses parents, comment vont-ils réagir en apprenant ses exploits ? Les rapports avec eux étaient déjà plutôt tendus, c'est peu de penser qu'ils ne vont pas s'améliorer ! Il doit absolument les contacter sur leur lieu de vacances, avant que la police ne le fasse. Déjà qu'ils ne vont pas apprécier l'état dans lequel ils vont retrouver la maison !

À ce stade, Bertrand regrette amèrement de ne pouvoir réfréner ses pulsions. Jusqu'à présent, il s'en était toujours sorti, mais aujourd'hui, il voit son avenir singulièrement obscurci. Malheureusement, il a aussi parfaitement pris conscience qu'il ne sera pas si simple de stopper une activité à laquelle il a pris goût.

Occupé à s'apitoyer sur lui-même, il n'a pas une pensée pour Sidonie, qui au même moment, encore choquée, est en train de raconter les conditions de sa détention à Michel Delattre.

*

- Laisse-toi aller Sidonie. Pleure ! Cela te fera du bien. Des policiers sont en route pour arrêter ton agresseur. Tout sera bientôt terminé. J'ai pris ta déposition. On n'a plus besoin de rester ici. Je te ramène chez toi.

- Tu imagines peut-être qu'il va les attendre ? Je ne te pensais pas si naïf. À leur arrivée, il sera parti depuis longtemps ! Et ensuite, il recommencera, et la prochaine fois, crois-moi, ça ne se terminera pas aussi bien. Mais tu ne comprends donc rien ? J'ai vu dans son regard qu'il était prêt à tout. Il m'aurait violée si je ne m'étais pas sauvée, et après, tu penses vraiment qu'il m'aurait laissée partir tranquillement, comme si de rien n'était ? Non, ce type est un prédateur. Il a pris goût au sang et il ne s'arrêtera pas. Et puis merde, qu'est-ce que tu crois ? On n'est pas dans le monde des bisounours !

- Tu es injuste. Je suis bien placé pour savoir que le monde n'est pas parfait. Je côtoie la violence tous les jours, je te signale. De toute façon, je ne vois pas ce qu'on pourrait faire de plus pour le moment. Tu as subi un choc. Tu seras mieux chez toi. Tu pourras alors prendre un somnifère et essayer de dormir.

Un appel de la brigade d'intervention rappelle Michel à la réalité et lui confirme les craintes de Sidonie. Bertrand Rivaldi n'est déjà plus chez lui. Il n'a pas même pris la peine de fermer la porte. Tout porte donc à croire qu'il ne reviendra pas et qu'il a décidé de se cacher. Cela signifie aussi qu'il va devoir rapidement trouver un nouveau point de chute. Reste à savoir où ?

Michel se retourne vers Sidonie. Elle comprend avant même qu'il n'ouvre la bouche. Elle blêmit et commence à se replier sur elle-même. Les vêtements trop grands qu'il a récupérés dans une armoire - un sweat informe et un pantalon de jogging hors d'âge -, accentuent l'impression de fragilité qu'elle dégage. Tassée dans un fauteuil, elle semble être ailleurs, manifestement en train de revivre sa détention.

En la voyant si désemparée, elle d'habitude si sûre d'elle, Michel prend la résolution de tout faire pour arrêter Bertrand Rivaldi. Sidonie n'a pas tort. La prochaine fois, cela risque de ne pas se dérouler aussi bien. Il faut donc stopper ce pervers avant qu'il ne commette l'irréparable.

26

L'état de Nathalie évolue favorablement. Le médecin, qui l'a examinée, a parlé d'une sortie possible dès jeudi. Fred vient de se réveiller et regarde sa fille dormir. Plus qu'une nuit à l'hôtel et ils pourront rentrer chez eux.

La discussion de la veille avec son épouse a eu le mérite de clarifier la situation dans son couple. Fred est pourtant amer. Pour reconquérir le cœur de Nathalie, il a pratiqué l'autoflagellation à outrance. Il n'a cessé de s'excuser pour tout. Son infidélité, sa conduite irresponsable au casino – son prélèvement sur le compte joint n'est pas passé inaperçu -, son manque d'attention à l'égard de Nathalie.

À y réfléchir, la conduite de sa femme n'est pas non plus irréprochable. Elle a quand même pris le temps de se consoler dans les bras d'un autre, et pas qu'un peu. Il repense encore au texto de Franck, son amant d'un soir – « *après m'avoir fait l'amour aussi intensément* » -. Merde, ce n'est pas rien ! Et puis, il a du mal à cerner sa femme. Elle regrette. Elle le lui a répété plusieurs fois, mais il a un doute. Son attitude vis-à-vis de Franck est ambiguë.

Fred est écartelé entre le désir de repartir sur des nouvelles bases avec son épouse et sa fierté de mâle qui le pousse à ne pas endosser toutes les responsabilités.

Mélanie se réveille à cet instant et voit son père songeur. Elle s'approche de lui et lui entoure le cou de ses petits bras. Fred l'embrasse, mais quelque chose la perturbe.

Sa petite bouche dessine une moue qu'il ne connaît que trop bien.

- Qu'est-ce qu'il y a papa, on rentre plus bientôt chez nous ? finit-elle par lâcher.

- Euh, si demain comme prévu.

- T'es toujours fâché avec maman ?

- Mais ma chérie, je ne suis pas fâché avec maman, qu'est ce qui te fait penser ça ?

- Je vois bien que vous vous faites plus des bisous comme avant, et puis t'es même pas parti en vacances avec nous !

Mélanie est étonnamment mature pour ses trois ans. Elle a compris, une fois de plus, que ses parents ne lui disaient pas tout pour la préserver.

Fred se rend compte alors qu'il ne pourra plus faire l'économie d'une explication avec sa fille.

- Tu vois aujourd'hui, si tu regardes par la fenêtre, tu vois un ciel bleu avec du soleil. Mais, quelquefois, il y a de la pluie. Eh bien, entre un papa et une maman, c'est un peu comme ça. Il n'y a pas toujours du soleil, il y a quelquefois de la pluie, et même parfois de l'orage. Mais ne t'en fais pas, maintenant c'est terminé, le soleil est revenu.

La métaphore météorologique, choisie par son papa, laisse Mélanie perplexe. Elle réfléchit quelques secondes et se rappelle la remarque de sa mère à l'hôpital :

- Moi, je crois que maman, elle est jalouse, parce que t'as une maîtresse, et pas elle. Tu sais, moi aussi bientôt, je vais avoir une maîtresse à mon école. Dis papa, on peut pas trouver une maîtresse aussi pour maman ? Comme ça, maman, elle est contente, et tout est comme avant !

En entendant sa fille, Fred manque de s'étrangler. Il préfère prudemment changer de sujet, en lui demandant de s'habiller pour le petit déjeuner.

Décidément, ses problèmes ne sont pas près d'être terminés. S'il prend l'idée à Mélanie de révéler partout l'existence de la maîtresse de son père, sa réputation ne s'en remettra pas.

Et il ne se fait pas d'illusions. Personne n'aura la candeur de Mélanie, pour croire une seule seconde à une maîtresse d'école !

*

Isabelle a le moral. Ce mercredi matin, elle a vu le kiné qui lui a confirmé la disponibilité d'une place dès lundi dans un centre de rééducation. C'est une bonne nouvelle. Néanmoins, elle se demande si la pression exercée par son premier adjoint de père n'a pas joué un rôle.

Et puis surtout, sa mère doit venir en début d'après-midi, et cette visite, elle l'attend avec impatience, même si au fond d'elle-même, elle l'envisage avec une certaine appréhension. Car elle en a désormais la certitude, sa mère lui a caché une partie de son enfance, et un secret de famille n'est jamais anodin.

Isabelle a réfléchi, une partie de la nuit, à ce que cela pouvait être. Elle se pose des questions sur la possibilité d'avoir été adoptée, ou que son père ne soit pas réellement son père. Mais elle n'y croit pas vraiment. C'est autre chose. Pour que sa mère ait choisi de garder le silence aussi longtemps, il y a forcément une raison grave à cela. La révélation des faits sera douloureuse. Elle en est persuadée. Car sinon, pourquoi Mathilde aurait-elle conservé ce secret aussi profondément enfoui pendant toutes ces années ?

Plus que quelques heures à attendre et elle saura. Et aujourd'hui, elle est bien décidée à ne pas laisser sa mère quitter la chambre sans connaître la vérité !

*

Pour Sidonie, la nuit a été moins sereine.

À son retour chez elle, elle a insisté pour que Michel la laisse seule. Celui-ci a protesté, mais Sidonie n'a rien voulu savoir. Elle était désormais en sécurité et n'avait pas besoin d'un garde-chiourme.

Elle a d'abord pris une longue douche brûlante en se frottant jusqu'au sang, désireuse de nettoyer son corps de toute la saleté accumulée ces dernières heures. Elle a ensuite avalé un somnifère qui a tardé à produire ses effets.

Elle pensait trouver l'apaisement en dormant, mais son sommeil a été agité et peuplé de cauchemars.

Elle se revoit, solidement entravée à un fauteuil, dans une pièce plongée dans le noir. Soudain, une lampe qui s'allume. Elle est éblouie. Et puis arrivent ces horribles ciseaux qui coupent ses vêtements et lui entaillent la chair. Elle hurle, et dans le même temps, aperçoit un visage grimaçant qui la fixe d'un regard sinistre, comme pour lui signifier qu'elle n'est qu'au début de son calvaire.

Sidonie finit par se réveiller en nage, avec une boule d'angoisse au creux de l'estomac. Il lui faut quelques minutes pour reprendre ses esprits.

En se levant, elle se dirige machinalement vers l'armoire où elle range l'alcool et en sort une bouteille de vodka.

La jeune femme n'a pas l'habitude de consommer de l'alcool si tôt dans la journée. Elle cherche simplement un moyen rapide pour chasser ses démons. Elle se verse un verre et le porte à ses lèvres. En s'apprêtant à boire la première gorgée, Sidonie réalise d'un coup ce qu'elle s'apprête à faire. Elle jette la vodka dans l'évier et s'assoit sur le sol de la cuisine. Elle se prend alors la tête dans les mains et éclate en sanglots. À cet instant, elle n'a plus qu'une envie : que Michel soit là et qu'il la prenne dans ses bras.

Elle s'en veut. La veille, son stupide orgueil féminin l'a empêchée de lui demander de rester. Elle a même lourdement insisté pour qu'il la laisse seule. Pour le rassurer, elle a fini par minimiser le traumatisme subi, en prétextant qu'après tout, ce taré ne l'avait pas violée. Quelle idiote !

Mais aussi, pourquoi l'a-t-il écoutée ? Si vraiment il avait tenu à elle, il aurait dû savoir lire entre les lignes et comprendre à quel point elle avait besoin de lui !

Sidonie déteste l'état de faiblesse dans lequel elle se trouve. Elle est en train de perdre ses repères et tout ce qui constitue sa force. Il faut qu'elle se ressaisisse rapidement, sinon elle sombrera dans la déprime.

Pourtant, elle est suffisamment lucide pour savoir qu'elle ne s'en sortira pas seule et qu'elle va avoir besoin d'une aide extérieure. Il faut qu'elle parle avec quelqu'un qui la comprenne ou qui a vécu une expérience comparable.

Elle sèche ses larmes et se force à déjeuner et à s'habiller. En se regardant dans le miroir de la salle de bain, elle voit sa mine défaite et décide de reprendre le contrôle de sa vie.

En faisant des recherches sur le Net, elle trouve, non loin de chez elle, les coordonnées d'une association d'aide aux femmes victimes de violences. Elle commence par appeler son travail pour prévenir qu'elle est souffrante, sans entrer dans les détails, et réussit ensuite à joindre un permanent de l'association qui lui conseille de passer sans tarder. Une bénévole la recevra.

Sidonie n'est pas en grande forme, mais agir lui a fait du bien.

Et elle est maintenant bien décidée à ne plus laisser un minable, comme ce Bertrand Rivaldi, lui pourrir l'existence.

*

Mathilde redoute de voir Isabelle. Non pas qu'elle n'en ait pas envie, mais elle a cette désagréable impression d'opérer sous la contrainte. Les questions de plus en plus pressantes de sa fille, et le comportement de son ex-mari ne lui ont pas laissé beaucoup d'alternatives.

Robert a commencé, par des allusions, à semer le doute dans l'esprit de sa fille, puis a appelé Mathilde, pour lui demander expressément de clarifier la situation avec Isabelle.

Depuis, elle est dos au mur. Peut-être est-ce un mal pour un bien, dans la mesure où elle a toujours souffert de ne pas pouvoir avouer la vérité à sa fille. Un non-dit qui a contribué à pourrir leur relation et qui a empoisonné la vie de Mathilde.

S'être rapprochée d'Isabelle, ces derniers jours, lui a permis de mesurer à quel point elle avait été stupide d'avoir préféré conserver le silence aussi longtemps. À ce stade de leur relation, il devient urgent de laisser tomber le masque pour apparaître sans artifice. Un masque d'écervelée irresponsable et volage, qu'elle a adopté pendant près de trente ans pour donner le change.

Désormais, elle a pris la décision de tout révéler. Sa fille lui en voudra au début, mais finira forcément par comprendre, enfin elle l'espère. Dans le cas contraire, tous les liens qu'elle a laborieusement renoués avec elle seront de nouveau à établir.

Mathilde regarde sa montre. Il lui reste trois heures avant de se rendre à l'hôpital. Trois heures, pour préparer ce qu'elle a l'intention de dévoiler à Isabelle !

27

La poisse ! Maxime a accepté d'héberger Bertrand pour la nuit, mais ne peut lui offrir l'hospitalité plus longtemps. L'appartement de Maxime est petit et sa copine doit le rejoindre dans la soirée. Cela fait une semaine qu'ils ne se sont pas vus et ils ont besoin d'intimité.

Maxime part au travail, laissant son ami seul dans le logement. Il n'aura qu'à claquer la porte en partant.

Bertrand conçoit que Maxime ne soit pas en mesure de l'accueillir plus d'une nuit, mais cela ne l'arrange pas. Il ne cesse de réfléchir aux endroits où il pourrait se faire oublier. Les possibilités qui s'offrent à lui sont limitées :

La famille est le premier endroit où les policiers le chercheront, et ses autres copains sur la ville sont devenus une option risquée. Il ne faudra guère de temps à un enquêteur, quel qu'il soit, pour les identifier et trouver leur adresse. À y réfléchir, dormir chez Maxime n'était d'ailleurs pas une si bonne idée. Quant aux hôtels aux alentours, ils ne valent pas mieux.

Bertrand n'a donc plus d'alternatives que de s'éloigner de Roubaix.

Les sous-effectifs chroniques de la police, dont les médias se font régulièrement l'écho, ont peu de chance de permettre le déclenchement de vastes opérations de recherche en dehors de la métropole lilloise. Tous les flics de France ne seront pas mobilisés pour une banale histoire de séquestration. Sans compter que, dans l'absolu, on ne peut pas lui reprocher grand-chose. Cette femme, il l'a à peine touchée, et en plus, elle n'a été détenue que quelques heures.

Bertrand a soudain un flash. Un de ses copains, Paul, habite Lens. C'est à une quarantaine de kilomètres. Une distance qui lui laisserait un peu de temps pour souffler. Celui-ci serait peut-être en mesure de lui procurer un toit pour quelques jours ? Après tout, Bertrand lui a rendu service, il y a deux semaines, en lui trouvant du shit de première qualité. Paul peut bien, à son tour, lui renvoyer l'ascenseur ! Cela serait la moindre des choses.

Reste un problème de taille : Bertrand n'a pas de voiture. Pour se rendre chez Paul, il a la possibilité de prendre d'abord le métro, puis le train. Cependant, la gare de Lille sera vraisemblablement surveillée et il court le risque d'être contrôlé. La première partie du trajet ne sera donc pas sans danger. Une fois dans le TER, en revanche, il sera a priori en sécurité.

Il lui faut trouver un moyen de se déplacer sans attirer l'attention. Bertrand aime les déguisements. Enfant, il raffolait déjà des panoplies. Celle de *Dark Vador,* sa préférée à l'époque, ne sera pas forcément la mieux adaptée pour passer inaperçue. En se creusant les méninges, Bertrand finit par trouver la solution. Un déguisement imparable, qui lui permettra de circuler discrètement, et pour se le procurer, il a un plan, mais avant il doit s'assurer que Paul pourra le recevoir. Il ne s'agirait pas non plus que son projet d'hébergement échoue pour une raison quelconque, comme avec Maxime. Bertrand allume son portable, éteint la veille pour cause de batterie déchargée, et compose le numéro de Paul.

*

Michel se rend compte que Sidonie ne va pas si bien qu'elle le prétend. Il a parfaitement conscience qu'elle mettra plusieurs jours pour surmonter l'épreuve qu'elle a traversée. Elle aura aussi besoin d'un soutien psychologique. Il en est persuadé.

Cette nuit, quand elle a refusé son aide, lui assurant qu'elle se sentait mieux, il ne l'a pas crue. Et pourtant, il l'a laissée seule. Quel imbécile ! Il aurait dû deviner que, sous l'apparent détachement de Sidonie, se cachait un appel à l'aide.

Pour l'instant, il n'ose pas l'appeler, de peur de la réveiller, mais il passera chez elle prendre de ses nouvelles dès qu'il le pourra.

Ce matin, Michel est arrivé tôt au commissariat. Il tient à être le premier sur les lieux si l'agresseur de Sidonie est repéré. Il ronge son frein, attendant une information qui ne parvient pas.

Le téléphone de Bertrand Rivaldi est tracé. Jusqu'à présent, le signal est resté désespérément mué. A priori, l'appareil est éteint ou pas connecté à Internet.

Plusieurs dizaines de minutes se sont écoulées, quand un de ses collègues lui fait signe. La personne qu'ils recherchent vient de rallumer son portable.

Michel n'en croit pas ses oreilles. Pour une fois, la chance est de son côté. Ce crétin n'a pas pensé qu'il pouvait être localisé grâce à son téléphone.

L'inspecteur ne se pose pas davantage de questions. Il prend l'adresse qu'on lui tend, constitue hâtivement une équipe et rejoint son véhicule en courant. En cinq minutes, il peut être sur la zone.

*

Au même moment, Bertrand est en conversation avec Paul, qui peut le dépanner trois jours, mais pas plus. À cause d'une histoire de famille, à laquelle il ne comprend rien, mais qui sent l'excuse foireuse à plein nez.

Bertrand découvre les charmes de la cavale et la difficulté à trouver un point de chute pour la nuit.

S'éloigner de Roubaix est devenu une priorité. En restant sur place, il y a une forte probabilité pour qu'il finisse par être repéré.

Un bruit de freinage le fait brutalement sursauter. Il regarde par la fenêtre de l'appartement de Maxime. Une mauvaise surprise l'attend.

- Putain, les flics ! Comment ces abrutis ont-ils réussi à me retrouver aussi vite ?

Bertrand comprend rapidement l'erreur commise. Son téléphone ! À coup sûr, c'est à cause de lui qu'ils sont parvenus à le localiser.

Il s'empresse de l'éteindre.

À l'extérieur, les policiers sont arrivés à bord de deux voitures et commencent à se déployer. L'inspecteur Michel Delattre n'a qu'une vague idée de l'endroit où peut se trouver le suspect.

Ils doivent agir vite. Le signal a cessé. Il les a entendus arriver. Michel s'en veut. Leur manque de discrétion risque de faire échouer l'opération.

Il lève la tête, juste assez vite pour voir un visage disparaître derrière un rideau.

- Au deuxième étage de cet immeuble, vite, il nous a repérés !

Passer le barrage du digicode leur prend plusieurs secondes. Un temps mis à profit par le fugitif pour gagner le toit par une lucarne. Devant les risques d'une poursuite, qu'ils anticipent potentiellement dangereuse, les policiers hésitent à le suivre. Seul Michel entreprend de le prendre en chasse, pressentant que le terrain ne sera pas à son avantage.

L'inspecteur doit bientôt se rendre à l'évidence. Il est en train de se faire distancer. Le fuyard passe de toit en toit avec une facilité déconcertante.

Michel accuse le coup.

- Et merde, il a fallu que je tombe sur un type qui pratique la grimpe sur les immeubles. Il commence vraiment à me fatiguer ce con !

Dépité, il renonce à le poursuivre en le voyant creuser l'écart, finissant par admettre qu'il n'a plus aucune chance de le rattraper. Bertrand Rivaldi vient une nouvelle fois de lui glisser entre les doigts.

Perché au sommet d'un bâtiment, à une cinquantaine de mètres de là, Bertrand voit le policier faire demi-tour et ne peut réprimer un sourire de triomphe. À cet instant, il peut remercier son copain Momo de l'avoir initié à l'escalade urbaine. Même si, pratiquant l'activité de façon régulière depuis plusieurs mois, il n'imaginait pas un jour être amené à utiliser ses talents de grimpeur pour échapper à un poursuivant.

Bertrand a aussi une pensée pour ses parents. Pour la deuxième fois en quelques jours, il leur est reconnaissant de l'avoir obligé à pratiquer un sport d'endurance.

Il commence sa descente, et sur un balcon, tombe accidentellement sur les habits qu'il recherche pour circuler incognito. Il les glisse rapidement sous ses vêtements et poursuit son parcours. À l'abri des regards, il met bientôt pied à terre dans une petite rue déserte.

Bertrand est soulagé de s'en être sorti, mais un nouveau problème de taille se pose désormais à lui. Dans sa fuite, il n'a eu le temps d'enfiler qu'un blouson et le reste de ses affaires est demeuré chez Maxime. Somme toute, la conséquence d'un départ précipité, sur le point de compliquer singulièrement sa cavale.

*

Isabelle a pu sortir de son lit. Elle est assise sur un fauteuil roulant. Ce qui aurait dû représenter un progrès immense pour elle ne l'empêche pas d'enrager. Sa copine Coralie n'a rien trouvé de mieux que de débarquer sans prévenir, alors même que sa mère est sur le point d'arriver.

Isabelle déteste la pitié qu'elle est en train de lire dans les yeux de Coralie. Cette compassion, elle sait pourtant qu'elle devra s'y habituer. Les réactions de son entourage l'ont aidée à comprendre comment les valides percevaient les personnes handicapées. Cette impression désagréable d'être désormais transparente…

Elle a perçu la gêne d'une partie de ses connaissances venues la voir. Ses copines de randonnées, surtout. Pas une n'a soutenu son regard, et cela l'a profondément troublée. Ainsi le fait de ne plus pouvoir marcher vous ferait automatiquement entrer dans la catégorie des sous-individus, celle avec laquelle on ne converse pas d'égal à égal.

Perturbée par cette pensée, Isabelle n'a plus qu'une envie : que Coralie s'en aille. Elle veut se rendre disponible pour l'arrivée de sa mère.

Peine perdue, avec une ténacité qui force l'admiration, Coralie s'incruste et est décidée à passer l'après-midi avec sa « meilleure amie ».

250

Elle va devoir utiliser les grands moyens pour s'en débarrasser. Elle commence à bâiller à s'en décrocher la mâchoire. Indifférente aux manœuvres d'Isabelle pour la faire partir, Coralie continue son monologue sans même lui prêter attention.

C'est le moment que choisit sa mère pour arriver. Mathilde est un peu désappointée quand elle voit qu'Isabelle n'est pas seule, mais elle comprend très vite, aux yeux suppliants de sa fille, la nature du problème.

Mathilde, avec un aplomb qu'elle ne se connaît pas, coupe la parole à Coralie :

- Écoute, tu es gentille, mais je dois avoir une discussion avec ma fille. Une discussion que je remets depuis maintenant vingt ans. Alors s'il te plaît, tu nous laisses !

Pour la première fois depuis longtemps, Coralie reste sans voix. Vexée, elle bredouille quelque chose et, ne trouvant pas ses mots, quitte brusquement la pièce sans un regard pour les deux femmes.

Isabelle et Mathilde restent seules.

Elles s'observent quelques secondes qui paraissent une éternité. Aucune des deux ne veut rompre le silence la première. Mathilde sent alors que c'est à elle de briser la glace et entame sa confession.

28

- Je sais que ton père a fait des allusions à quelque chose que je t'aurais caché sur ton enfance. Il ne t'a pas menti, car je ne t'ai pas tout dit sur les raisons de mon départ alors que tu n'étais encore qu'un bébé. Et maintenant, je suppose que tu voudrais des explications. Il est temps pour moi de te les donner. Je n'ai que trop attendu, mais avant, je voudrais te dire que, quoi que j'aie pu faire, je t'ai toujours aimée.

Mathilde est émue. Elle a répété plusieurs fois ce qu'elle s'apprête à dire à Isabelle, mais au moment de parler, elle perd de son assurance et sa voix se fait hésitante.

- Quelques années avant de rencontrer ton père, j'ai connu un homme que j'ai aimé... passionnément. Il s'appelait Patrice.

- Tu ne m'en as jamais rien dit !

- C'était ma vie. J'estimais que je n'avais pas à t'en parler et je me rends compte maintenant que c'était une erreur. Tu dois te demander ce qui m'a poussée à le quitter pour ton père, mais c'est Patrice qui est parti. Il était marié. Il m'avait promis de se séparer de sa femme, mais il ne l'a pas fait.

- Et tu as conservé des contacts avec lui ?

- Sois patiente, j'ai promis de tout t'expliquer. Entretemps, je suis tombée enceinte. Quand je lui ai annoncé ma grossesse, il a préféré « courageusement » prendre ses distances.

- Tu as avorté ?

- Non, je l'ai gardé. Il y a trente ans, ce n'était pas si simple, et puis je crois qu'au fond de moi, j'en avais envie. Et il est arrivé. Un petit garçon de près de trois kilos.

En apprenant la nouvelle, Isabelle tombe des nues.

- Tu veux dire que j'ai un demi-frère ? Comment as-tu pu me le cacher pendant tout ce temps ? Tu te rends compte de ce que tu as fait ! Tu m'as privée d'un frère pendant toute mon enfance, alors que j'ai toujours souffert d'être fille unique.

- Tu as effectivement un demi-frère, et je l'admets, j'aurais dû t'en parler plus tôt !

- Mais pourquoi as-tu gardé ce secret pour toi ?

Mathilde préfère ne pas répondre. Elle perçoit la détresse de sa fille derrière la question.

- Je l'ai d'abord élevé seule, et puis j'ai fait la connaissance de ton père. Il m'a séduite. Il faut dire que c'était déjà un beau parleur ! Au début, tout était comme dans un rêve. J'étais folle amoureuse. Ton père savait y faire. Que je sois une jeune mère célibataire ne l'a pas gêné. Tout est allé très vite et nous nous sommes mariés. Ce n'est que bien plus tard que j'ai réalisé mon erreur, et surtout, à quel point j'avais été naïve.

- Donc Papa a toujours été au courant de tout ?

- Bien sûr ! Ce fumier a commencé à me tromper peu de temps après. Pourtant sur le coup, je n'ai rien vu venir et je suis à nouveau tombée enceinte. Tu es née alors que ton frère avait deux ans et demi.

- Et tu l'as appelé comment ?

- Laisse-moi continuer. Quelques mois plus tard, son véritable père, Patrice, m'a recontactée. Il voulait connaître son fils et participer à son éducation. Patrice avait fini par se séparer de sa femme et regrettait de m'avoir abandonnée. Il s'en était toujours voulu. Et puis, il a fini par m'avouer qu'il m'aimait encore.

- Donc tu as quitté papa, tu as repris ton ancien amant et tout est redevenu comme avant. Un vrai couple moderne, quoi ! Et c'est moi qui en ai fait les frais.

- Tout n'est pas si simple. Essaie de me comprendre. J'avais fini par voir le vrai visage de ton père. Il affichait ses maîtresses, sans même se donner la peine de les dissimuler. En me voyant, les gens me regardaient avec compassion et parlaient entre eux de la « pauvre » Mathilde Pelissier. Un jour, je n'ai plus réussi à le supporter et je suis partie rejoindre Patrice avec mon fils.

- Et tu m'as abandonnée ! ne peut s'empêcher de lâcher Isabelle, interloquée.

- Ce n'est pas ça, tu le sais bien. Tu as toujours été ma fille que j'aime par-dessus tout. En fait, Patrice m'a proposé une reconnaissance de paternité. Je l'ai acceptée, et c'est alors que mon fils a pris le nom de son père.

- Mais, et moi ? Tu pouvais aussi m'emmener avec toi, on aurait formé une vraie famille et j'aurais eu le frère tant désiré.

Isabelle ne désarme pas. Elle veut comprendre l'enchaînement des événements qu'elle ressent à cet instant comme une trahison.

- Si tout avait été aussi évident ! Non, ça n'a pas été possible. Quand ton père a senti que je voulais divorcer, il a fait pression sur moi et a menacé de me traîner devant les tribunaux si je t'emmenais. J'étais crédule. Ton père était déjà puissant. J'ai craint sa réaction. Je me suis dit que tu serais mieux avec lui, plutôt que d'être au centre d'un conflit.

- Tu ne t'es même pas battue pour avoir ma garde ?

- C'était sans doute un peu lâche, je le reconnais, mais j'ai fait ce que je pensais être le mieux pour toi. Et j'ai toujours gardé un œil sur toi, ma chérie, même si je n'ai pas passé beaucoup de temps avec toi. Et tu sais, je n'ai pas été cette mère écervelée et volage que ton père t'a toujours décrite. Simplement, il fallait que je me construise une image qui te permette de mieux accepter mes absences ! Je n'ai pas autant voyagé que j'ai pu te le raconter et mes amants n'ont pas été aussi nombreux. C'était une faute de ma part, l'autre jour, de te présenter Serge. Une maladresse provoquée par la solitude. Et j'aurais dû venir te voir à l'hôpital sans lui.

Isabelle ne sait pas quoi dire. De la confession de Mathilde, elle a surtout retenu qu'elle avait un frère. C'est pour elle une révélation et elle a encore du mal à l'assimiler. Elle voulait avoir une discussion franche avec sa mère, mais elle s'attendait à tout, sauf à ça.

Elle demeure un moment sans voix et la regarde sans réagir. Elle est en colère contre sa mère, mais l'envie d'en savoir plus sur son frère est plus forte que tout et elle presse Mathilde de poursuivre.

- Je me rends compte maintenant que j'aurais dû tout t'expliquer depuis longtemps, continue Mathilde. Tu aurais peut-être compris. Je voulais te préserver et j'ai commis une erreur. Crois-moi, ça n'a pas toujours été facile. Après la passion des premières années, ma relation avec Patrice s'est dégradée. Il a fini par séduire une femme plus jeune et il m'a quittée peu de temps après. Au début, il a continué à voir son fils, puis ses visites se sont espacées, et puis un jour, il a décidé de partir vivre dans le Midi, et c'est alors qu'il a définitivement coupé les ponts. Voilà l'histoire ! Depuis vingt ans, il ne m'a plus donné de nouvelles et il n'a même jamais essayé de contacter son fils. Alors je l'ai élevé seule, tout en continuant à venir te voir quand je le pouvais.

- Mais ce frère, il vit où ? Il est marié ? Il a des enfants ?

- Il vit tout près d'ici, il est marié et il a une fille.

- Mais son nom, dis-le-moi ! Tu te doutes que j'ai envie de le rencontrer rapidement ! J'ai du temps à rattraper avec lui.

- Tu vas devoir attendre encore un peu pour le voir. Il a des petits soucis familiaux en ce moment. Il rentrera peut-être demain.

- Mais lui, il sait qu'il a une sœur ?

- Non, je ne lui en ai jamais parlé non plus. Tu penses bien que si je l'avais fait, il aurait essayé de te retrouver.

- Tu vas devoir faire vite dans ce cas, car dès que tu auras quitté cette pièce, la première chose que je ferai sera de l'appeler. Donne-moi ses coordonnées !

Devant le ton insistant d'Isabelle, Mathilde prend une carte de visite dans son sac et écrit dessus le prénom et le nom du frère. Elle ajoute un numéro de portable et tend le document à Isabelle.

Cette dernière lit le nom qui y figure et n'en croit pas ses yeux, car ce nom elle ne le connaît que trop bien. Un nom qui explique d'ailleurs bien des choses. Le trouble qu'elle a ressenti, en découvrant pour la première fois celui qui le porte. La complicité immédiate qu'elle a établie avec lui.

Elle doit rêver ! Une telle coïncidence ne peut pas exister dans la vraie vie. Pourtant en relisant les quelques lettres, Isabelle doit se rendre à l'évidence. Le « Fred Godot », inscrit par sa mère, ne peut être que celui dont elle a fait la connaissance quelques jours plus tôt. Un regard sur son répertoire téléphonique le lui confirme. Le numéro en mémoire correspond à celui sur la carte.

Il n'y a plus de doute possible !

*

À cent cinquante kilomètres de là, Fred Godot n'a aucune idée de la scène qui vient d'avoir lieu. Sa mère l'a quitté la veille et l'a prévenu qu'elle ne pouvait les rejoindre à l'hôpital aujourd'hui. À cause d'un rendez-vous professionnel l'obligeant à rester sur la métropole, si sa mémoire est bonne.

Le médecin qui suit Nathalie, après avoir évoqué dans un premier temps une sortie prévue pour ce jeudi, a finalement donné son accord pour un départ dans la journée.

Tous trois s'apprêtent à reprendre la route, quand la sonnerie du portable de Fred résonne.

Le prénom d'Isabelle apparaît sur l'écran. Préférant éviter de froisser Nathalie, il ne prend pas la communication. Leur réconciliation est encore trop récente pour prendre le risque d'une remarque assassine de sa femme.

Il répond rapidement, par texto, qu'il ne peut pas lui parler pour l'instant et qu'il la rappellera. Dans deux heures tout au plus, il sera en mesure de la contacter. C'est le temps qu'il lui faut pour rentrer chez lui avec sa famille.

Deux heures pour Fred, mais une éternité pour Isabelle qui a trente ans à rattraper.

29

Bertrand a pris le métro pour rejoindre la gare de Lille-Flandres avec une boule d'angoisse, s'attendant à tout moment à être démasqué.

Il a compris qu'une des conditions pour passer inaperçu était de ne pas parler. Enfin, pour peu que le niqab qu'il a revêtu lui permette de se fondre dans la masse, sans avoir à répondre à une provocation. Il s'aperçoit, assez vite, qu'il a largement sous-estimé l'intolérance d'une partie de la population à l'égard de cet habit. Entre les remarques à peine voilées, empreintes de racisme, et les franches manifestations d'hostilité, il ne rencontre pas l'indifférence espérée.

La peur de Bertrand d'être découvert lui noue l'estomac. Il remonte les allées du métro avec anxiété. Il appréhende à tout instant un contrôle qui l'obligerait à décliner son identité. Le voile devant son visage remplit son office et ne laisse entrevoir que ses yeux. À l'inverse, il est difficile à supporter et lui procure un sentiment de malaise.

En ce mercredi, le hall de la gare est bondé. Bertrand est soulagé. On fera d'autant moins attention à lui. Il se dirige vers la billetterie électronique pour retirer son titre de transport.

Il s'apprête à payer, quand il s'aperçoit que son portefeuille est resté dans la poche de son blouson. Le vêtement ample ne lui permet pas de l'atteindre facilement et il ne peut prendre le risque de laisser entrevoir ses véritables vêtements, sans craindre que la supercherie ne soit dévoilée. Il lui faut trouver des toilettes, et vite.

Ses allées et venues lui font maintenant courir le risque d'être repéré. Paradoxalement, si son déguisement permet de ne pas être reconnu, il a aussi l'inconvénient de focaliser l'attention. Un détail auquel il n'avait pas pensé.

Bertrand commence à se demander si son idée pour circuler discrètement est judicieuse. D'autant que dans le train, il pourra difficilement conserver la tenue et devra trouver un endroit pour se changer.

Il se dirige vers les toilettes et emprunte naturellement l'accès réservé aux hommes. Se rendant compte de sa bévue, il fait demi-tour, mais pas assez vite pour éviter d'être invectivé par un individu en arabe. Ne comprenant rien à la langue, il s'engouffre dans celles des femmes sans se retourner.

Intrigué par le comportement de Bertrand, l'homme continue à s'adresser à lui, en parlant de plus en plus fort. Bertrand se rue alors dans une cabine et referme vivement la porte, présumant que sa manœuvre suffira à le décourager. Mais son attitude provoque l'effet inverse. L'homme campe devant l'entrée des toilettes et prend désormais à partie d'autres personnes.

Solange, la dame pipi de l'endroit depuis une dizaine d'années, est alertée par l'attroupement qui est en train de se former et tente de clarifier les choses. La situation devient tendue pour Bertrand. Il récupère son portefeuille et attend que le calme revienne pour ressortir. Il espère secrètement qu'on finira par se désintéresser de lui.

À l'extérieur, c'est tout le contraire qui se produit. L'individu entreprend d'expliquer à Solange ses doutes sur l'identité de la femme en niqab.

- C'est un homme, madame, je l'ai vu !

- Vous en êtes sûr, monsieur ?

- Certain madame ! Un signe qui ne trompe pas : il est d'abord allé vers les toilettes des hommes. En plus, il ne connaît même pas un mot d'arabe ! Pour une femme qui porte le niqab, c'est quand même bizarre, non ? Je vous le dis, madame, on a affaire à un pervers ou à un provocateur !

- Bon, empêchez-le de partir, je vais chercher la police ! De toute façon, le port du voile intégral est interdit dans les lieux publics.

Bertrand n'a rien perdu de la conversation et n'en mène pas large. La chance vient de tourner. Cette fois, il ne s'en sortira pas. Il a beau retourner le problème dans tous les sens, il ne voit pas comment il pourrait échapper aux policiers.

Quel gâchis ! Il imagine déjà la honte de ses parents quand ils apprendront de quoi leur fils est capable. Et les titres des journaux : « Un agresseur de femmes arrêté ! ». Dire que finalement au départ, tout ça n'était que dans le but d'obtenir un simple baiser !

*

261

Pouvoir parler à une bénévole, possédant l'expérience de situations comparables, a fait beaucoup de bien à Sidonie. À l'association d'aide aux femmes victimes de violences, elle a été accueillie chaleureusement et a pu s'exprimer. Elle s'est tout de suite sentie en confiance et écoutée avec empathie.

Depuis, Sidonie a déjeuné chez elle avec Michel. Elle a perçu chez lui une véritable intention de la soutenir dans son épreuve et cela l'a rassurée. Qu'il l'épaule aussi spontanément lui redonne espoir et lui permet à nouveau d'envisager l'avenir. À ce stade, elle est pourtant consciente qu'il lui faudra encore du temps pour redevenir complètement elle-même.

Sidonie en veut de plus en plus à Bertrand Rivaldi pour ce qu'il lui a infligé. Elle est plus que jamais désireuse de collaborer avec la police. Elle va tout faire pour aider à l'arrestation de son tortionnaire et empêcher qu'il ne récidive.

Michel lui a demandé de passer en milieu d'après-midi au commissariat pour compléter son dépôt de plainte. Elle s'apprête à quitter son appartement quand la sonnerie de son portable retentit. Michel justement. Elle prend la communication, redoutant ce qu'il va encore pouvoir lui annoncer.

Elle n'en peut plus de savoir son agresseur en liberté. L'échec de la dernière tentative d'interpellation l'amène à douter que son kidnappeur puisse un jour être derrière les barreaux.

- Sidonie, j'ai enfin une bonne nouvelle à t'annoncer !

- Dis-moi qu'il a été arrêté !

- Oui, il y a à peine une heure, à la gare Lille-Flandres. Il avait revêtu des habits de femme et c'est cela qui a attiré l'attention.

- Tu veux dire une robe ?

- Non, un niqab. En étant couvert de la tête aux pieds, il pensait pouvoir passer inaperçu. Ce n'était pas forcément une mauvaise idée, excepté que cet imbécile a été repéré alors qu'il utilisait par erreur l'accès aux toilettes des hommes. Il a été arrêté sans résistance. Il s'était de lui-même enfermé dans une cabine. Il ne restait alors plus qu'à le cueillir.

- Si tu savais comme je suis soulagée ! C'est ce que j'avais le plus envie d'entendre en ce moment. Je te rejoins, et ce soir, on oublie tout et on pense uniquement à nous !

En entendant ce « nous » de Sidonie, Michel retrouve le sourire. L'agresseur sous les verrous, il a envie de croire qu'il a trouvé en Sidonie, la femme avec laquelle il pourra bâtir une relation durable. En fin de compte, leur rencontre aura été le seul aspect positif de cette affaire.

*

Au même instant, à quelques kilomètres de là, Fred revient tout juste d'Amiens avec sa famille. Il contacte aussitôt Isabelle, curieux de connaître les raisons de son appel.

Il tombe des nues quand elle lui révèle leur lien de parenté. En lui annonçant la nouvelle, Isabelle ne peut retenir ses larmes.

Même si Fred a du mal à réaliser, il comprend mieux la relation quasi fusionnelle qu'il a immédiatement entretenue avec Isabelle. Comme sa demi-sœur, il ne parvient pas à s'expliquer pourquoi leur mère a gardé le silence si longtemps. Il devrait lui en vouloir, mais la révélation qu'il n'est pas fils unique supplante le reste.

Nathalie, en voyant l'émotion palpable de son mari, s'approche de lui. Elle l'entoure tendrement de ses bras et interrompt brièvement la conversation téléphonique pour obtenir des précisions.

Quand elle apprend le lien qui unit son époux à Isabelle, elle se surprend à ressentir du soulagement. Elle préfère avoir Isabelle comme belle-sœur que comme rivale.

En leur absence, Élodie, l'ex-maîtresse de son mari, s'est déchaînée. Elle a poursuivi l'œuvre débutée sur la porte du garage, et maculé les murs blancs de leur maison, avec des graffitis plus ou moins injurieux. Curieusement, Nathalie regarde la peinture rouge généreusement utilisée avec détachement. Elle a envie de tourner la page, et puis d'une certaine façon, cette ultime provocation d'Élodie la rassure, car c'est bien la preuve que Fred a mis fin à leur histoire. Elle décide de laisser son mari réparer seul les dégâts. Rien que pour le dégoûter d'avoir eu une liaison !

Elle regarde sa fille avec un sourire. Mélanie ne sait pas encore lire. Elle en est heureuse. Inutile que sa fille saisisse la signification des mots sur les murs. Elle connaît suffisamment son mari pour savoir qu'il aura suffisamment d'imagination pour trouver une histoire de lutins farceurs qui la tranquillisera.

C'est une belle fin d'après-midi et Nathalie a simplement envie de profiter de la vie. Ces derniers jours, elle a appris combien elle était précieuse.

Laissant Fred à sa conversation avec Isabelle, elle s'isole quelques secondes avec son téléphone, en s'interrogeant sur l'opportunité de reprendre contact avec Franck, son amant d'un soir, qui doit rentrer de Bretagne ce week-end.

Renseignement pris, le hasard a bien fait les choses. Franck n'habite qu'à une trentaine de kilomètres de son domicile et Nathalie, après avoir échappé miraculeusement à la mort, est tentée de savourer chaque seconde de son existence. Les quelques heures qu'a duré leur relation lui ont laissé un sentiment d'inabouti. Avec des fourmillements dans les membres et des étoiles dans les yeux, elle se remémore leur étreinte et doit s'avouer qu'elle aimerait renouveler l'expérience.

Elle se maudit d'être aussi faible. Elle ne devrait pourtant penser qu'à Mélanie et à son couple qui vient à peine de traverser une période délicate. Mais ce que sa raison tente de repousser au plus profond de son esprit est réclamé avec insistance par son corps. Et puis son mari ne s'est pas gêné, lui ! Son incartade à elle était un simple écart de conduite, à côté de la double vie qu'a menée Fred pendant les six mois qu'a duré sa liaison avec Élodie.

Elle relit plusieurs fois le message qu'elle s'apprête à adresser à Franck, hésite longuement puis, avec un sentiment de culpabilité qui ne la quitte pas, appuie sur la touche « Envoi ».

30

Six mois se sont écoulés depuis l'agression d'Isabelle. Six mois, depuis le soir où Fred s'est retrouvé, par le fruit du hasard, mêlé à une histoire qui a bouleversé sa vie.

Fred a abandonné son ancien métier de comptable. Conscient d'avoir accepté un peu rapidement les conditions de la rupture conventionnelle proposée par EPS, il a intenté une action devant les prud'hommes et obtenu une réévaluation de son indemnité de départ. Cette somme lui a permis de voir venir et surtout de réorienter sa carrière.

Après la révélation qu'il a eue devant la cathédrale d'Amiens, il a décidé de repartir à zéro et d'entamer des études de restauration d'œuvres d'art. Cela a généré quelques tensions avec Nathalie, mais Fred a tenu bon. Pour une fois, son choix lui est apparu comme une évidence.

En ce samedi de janvier, Fred s'efforce de rejoindre son domicile. Ce soir, il reçoit Isabelle et Marc, mariés depuis peu.

Le sort s'acharne sur lui. Il a dû affronter un hypermarché bondé en début d'après-midi et est immobilisé depuis une vingtaine de minutes en plein centre de Roubaix, englué dans un embouteillage. Devant lui, des noceurs ont arrêté leurs véhicules et exhibent fièrement le drapeau algérien.

Roubaix est coutumière de ce type de manifestation qui paralyse régulièrement la circulation. Une spécificité locale. En théorie, la municipalité a interdit les excès liés aux cortèges de mariage, mais dans les faits, la pratique a perduré.

N'ayant rien d'autre à faire que de prendre son mal en patience, Fred laisse son esprit vagabonder, prenant le temps de regarder autour de lui.

Depuis quelques jours, la température a brutalement chuté. Une pluie fine s'est mise à tomber. Mis à part les participants à la noce qui s'obstinent à occuper la chaussée, il ne voit autour de lui que des passants pressés de retrouver la chaleur de leur foyer. En voyant un jeune couple emmitouflé accompagné d'un enfant en bas âge, il se surprend à penser à sa propre situation.

Son couple avec Nathalie s'est reformé tant bien que mal, sans parvenir à retrouver le niveau de complicité d'avant. Leur union demeure fragile, et le fait que Fred ait repris ses études n'a rien arrangé. Depuis leur réconciliation, il a senti un changement dans le caractère de Nathalie. Elle passe plus de temps dans des activités qui la tiennent éloignée de la maison, et paradoxalement, elle paraît plus épanouie, alors même qu'il a le sentiment qu'elle s'éloigne de lui.

Avec du recul, Fred a l'impression d'avoir tout essayé pour arrondir les angles. Des tentatives qui lui paraissent désormais dérisoires, et il se rend bien compte à cet instant que rien ne sera plus comme avant. Tout à la joie de s'être découvert une sœur, il n'a peut-être pas pris complètement la mesure de l'effort de reconquête que son épouse attendait de lui.

Après une ultime parade en travers de la chaussée, le cortège se remet en route. Les véhicules peuvent à nouveau circuler. Fred accélère brutalement pour rattraper une partie de son retard, et manque de renverser une personne âgée sur un passage piéton. Il ignore la vieille dame, qui lui manifeste son mécontentement par des grands gestes, et poursuit sa route. Ce soir, il a décidé de mettre les petits plats dans les grands, et il devient maintenant urgent de rentrer chez lui pour commencer à cuisiner.

*

À quelques kilomètres de là, Isabelle peste contre Marc qui a rangé le thé dans un endroit inaccessible pour elle. C'est ce type de détail qui la fait se sentir vulnérable. En l'absence de Marc, elle devra se passer de thé, simplement parce qu'elle n'est plus capable d'attraper seule la boîte.

Elle a encore du mal à accepter ce genre de dépendance. Dans son appartement, au rez-de-chaussée d'un immeuble flambant neuf, tout a été organisé pour lui faciliter la vie, mais elle ne peut s'empêcher d'enrager quand son handicap se rappelle à elle avec un peu trop d'insistance.

Depuis sa sortie de l'hôpital, elle a fini par s'habituer à ses nouvelles conditions de vie. Elle dispose d'un véhicule spécialement équipé que son père a tenu à lui offrir. Elle a pu reprendre le travail, même si elle a dû faire des efforts pour accepter le regard de ses collègues. Elle déteste la pitié qu'elle lit parfois dans leurs yeux et les commentaires qu'il lui arrive de surprendre du style : « Vous vous rendez compte, une femme sportive qui avait la vie devant elle. Maintenant, elle se déplace en fauteuil roulant, et elle a à peine trente ans ! ».

Marc a été adorable avec elle durant sa convalescence. Leur amour s'en est trouvé renforcé. Un mois plus tôt, ils se sont mariés en petit comité - Isabelle ne s'est pas sentie prête pour un mariage traditionnel en fauteuil roulant, avec famille et amis -, et Fred a accepté d'être un des témoins. Au cours des six derniers mois, il a pris de l'importance pour elle, au point que c'est devenu une évidence de lui demander de jouer le rôle.

Si Isabelle devait retenir deux aspects positifs aux profonds changements intervenus dans sa vie, elle pourrait citer les retrouvailles avec sa mère, et surtout, la découverte de l'existence de son demi-frère.

La preuve en est que depuis, elle s'est beaucoup investie pour rattraper le temps perdu et a tout voulu savoir de lui : son enfance, ses études, sa rencontre avec Nathalie, la naissance de Mélanie. Elle s'est également passionnée pour le nouveau projet que Fred a développé et l'a encouragé dans sa décision de reprendre les études.

Durant la même période, Isabelle s'est éloignée de son père. Il est devenu taciturne et elle ne l'a plus vu qu'épisodiquement. Elle n'arrive pas à s'empêcher de lui en vouloir. Elle considère que c'est lui le véritable responsable de tout ce gâchis. C'est quand même à la base son comportement de Don Juan qui a contribué à la priver de son frère pendant toutes ces années.

Il y a aujourd'hui près de quinze jours qu'il ne lui a pas donné signe de vie et elle commence à s'étonner de son silence. Habituellement, il l'appelle au moins une à deux fois par semaine pour avoir des nouvelles. Elle lui répond en général fraîchement, mais au moins ils conservent un contact, car les rapports tendus qu'elle entretient avec lui ne lui font pas oublier que malgré ses défauts, c'est lui qui l'a élevée.

Aussi, plus elle y réfléchit, plus elle se dit que le silence de son paternel n'est pas normal.

*

Robert Pelissier est déprimé. Il marche sans but dans les rues de Roubaix et ne se reconnaît plus. Lui, d'habitude si pétri de certitudes, a perdu de sa superbe. Sa carrière politique est en berne et son rêve d'être député s'éloigne.

Sa baisse de forme n'est d'ailleurs pas passée inaperçue. Des jeunes loups du parti en ont profité et se sont engouffrés dans la brèche pour le pousser tout doucement vers la sortie.

Pourtant il s'en moque. Sa préoccupation première a changé. Il est désormais obnubilé par le désir de retrouver une place privilégiée dans le cœur de sa fille.

Et pour y parvenir, il n'envisage qu'une seule solution : faire en sorte de punir Bertrand Rivaldi comme il le mérite. Car Robert en est convaincu, s'il n'intervient pas, l'homme responsable de l'état d'Isabelle sera bientôt libre. Aussi il doit agir, et pour accomplir la mission qu'il s'est fixée, il ne voit qu'un moyen.

Quand sa fille essaie une fois de plus de le joindre, il ne prend pas la communication. Il est encore trop tôt pour lui parler.

- Encore un peu de patience, Isabelle, et dans deux jours, tu seras fière de moi !

*

Le lundi en fin de matinée, la nouvelle fait l'effet d'une bombe sur les réseaux sociaux et les sites d'informations en ligne :

Assassinat du délinquant sexuel surnommé « Blondie » par un homme politique en vue de Roubaix.

ROUBAIX. *Robert Pelissier, le premier adjoint au maire de la ville de Roubaix, a poignardé, ce lundi matin, Bertrand Rivaldi qui s'apprêtait à être entendu par le juge d'instruction. L'homme politique a réussi à déjouer la surveillance des policiers et à approcher le prévenu suffisamment près pour le frapper mortellement avec un couteau, avant que celui-ci ne pénètre dans le Palais de justice. Robert Pelissier a été immédiatement interpellé par les forces de l'ordre et n'a pas opposé de résistance.*

On se souvient que Bertrand Rivaldi avait défrayé la chronique, il y a quelques mois, après avoir agressé plusieurs jeunes femmes, toutes blondes, ce qui lui avait valu le surnom de « Blondie ». Il était notamment l'auteur de l'agression tragique sur Isabelle, la fille de Robert Pelissier, qui avait laissé celle-ci partiellement paralysée. Le mobile de l'assassinat semble lié à cette affaire. Il s'agit, selon toute évidence, d'un acte prémédité. Pour mémoire, l'homicide volontaire avec préméditation est passible de la réclusion à perpétuité.

Depuis quelques mois, Robert Pelissier s'était mis en retrait de la vie politique, mais personne ne s'attendait à un tel geste, qui a surpris jusqu'à son entourage. À n'en pas douter, cet acte aura des répercussions politiques importantes à Roubaix. Robert Pelissier étant présenté, encore il y a peu, comme le possible successeur de l'actuel maire de Roubaix, Guislain Lenoyer, qui avait déclaré ne pas désirer briguer un nouveau mandat.

Robert Pelissier était également un architecte en vue, réalisateur de plusieurs grands projets sur la métropole lilloise.

*

Quand ils prennent connaissance de l'acte désespéré de Robert Pelissier, les différents protagonistes concernés par le drame ne réagissent pas tous de la même façon.

L'assassinat de Bertrand Rivaldi soulage Sidonie Bazec, mais la frustre, elle aurait tant aimé voir son agresseur jugé et condamné. L'inspecteur Delattre, avec qui elle continue à filer le parfait amour, déplore le geste difficilement prévisible de l'homme politique. Il ne se fait pas d'illusions sur les critiques que vont essuyer ses collègues pour ne pas avoir anticipé le coup de couteau fatal. Il pressent déjà qu'ils n'échapperont pas à une enquête des « bœuf-carottes ».

De son côté, Isabelle est dévastée par l'acte insensé de son père. Elle le comprend mais ne peut l'accepter, même comme une preuve d'amour. Elle se maudit de ne pas avoir su détecter des signes avant-coureurs chez son paternel qui lui auraient permis d'éviter ce terrible gâchis.

Quant à Fred, il se dit que s'il ne s'était pas trouvé des personnes pour le disculper quand tout l'accusait, il reposerait peut-être actuellement à la morgue à la place de Bertrand Rivaldi.